VIE DE GUASTAVINO ET GUASTAVINO

du même auteur
chez Christian Bourgois éditeur

Une République lumineuse

Les Petites Mains

Août, Octobre / Mort d'un cheval

Versions de Teresa

Et maintenant, dansez

La Ferme Intention

La Sœur de Katia

ANDRÉS BARBA

VIE DE GUASTAVINO ET GUASTAVINO

Traduit de l'espagnol
par François Gaudry

CHRISTIAN BOURGOIS ÉDITEUR

Titre original :
Vida de Guastavino y Guastavino

GOBIERNO DE ESPAÑA
MINISTERIO DE CULTURA Y DEPORTE
DIRECCIÓN GENERAL DEL LIBRO Y FOMENTO DE LA LECTURA

La traduction de cette œuvre a reçu l'aide
du Ministère espagnol de la Culture et du Sport.

ISBN : 978-2-267-05289-3

Note

On peut dire de la biographie ce que Borges disait du baroque : que c'est un genre qui épuise ses possibilités, raison pour laquelle il frôle la caricature. Il faudrait ajouter que sa crédibilité n'en est pas moins en question. Avec une même poignée de données fragmentaires et un appareil rhétorique pertinent, on pourrait faire de multiples biographies opposées, toutes vraisemblables. Le biographe est toujours un exégète de par son obligation d'interpréter de nombreuses significations admissibles, mais aussi – et surtout – celle de donner à une vie une forme et un sens qu'elle n'a quasiment jamais eus. Seule une société qui nous fait confondre information et savoir est capable d'oublier cet aspect si élémentaire du récit historique : peu importe qu'un texte soit dûment documenté, toute biographie est inévitablement une fiction. Il se peut que ce livre ne soit qu'une fiction en regard de la vie réelle de Rafael Guastavino (du moins si une telle chose existe). Il me plairait, en tout cas, que ce mensonge mérite d'être la vérité.

A.B.

À Roque qui a appris à parler
pendant que j'apprenais à écrire ce livre.

New York n'est pas une ville,
c'est une conjecture.

Rem Koolhaas

GUASTAVINO

I

Nous ne savons rien, l'histoire est mensongère et l'amour n'existe pas, mais parfois il suffit de la peur, la peur comme le fil d'or d'une fable, pour retrouver toutes les réalités perdues ; la vérité, la science, l'amour. Au moindre signe suspect, la peur engendre une constellation de villes possibles. Faites peur à quelqu'un capable de les construire et vous aurez le monde.

Quelques hasards et plusieurs accidents conduisent Rafael Guastavino à New York. Nous connaissons son visage en 1881 : la bouche masquée d'une moustache prussienne, les paupières lourdes, la calvitie naissante. Nos arrière-grands-parents l'ont vu, ils l'ont croisé sur le quai à Marseille mais ne s'en souviennent pas. Quelque chose les incita à ôter leur chapeau ; le costume coûteux, peut-être, ou la beauté de la femme qui l'accompagnait avec ses deux fillettes d'un côté et un garçonnet de l'autre, un enfant qui est comme la version embellie et minuscule de son père ; quelque chose les incita à ôter leur chapeau et pourtant ils ne s'en souvinrent pas, il était trop normal, trop espagnol. Nous savons maintenant ce que ne savaient pas nos arrière-grands-parents : cet homme et cet enfant s'appellent tous deux Rafael Guastavino, nous savons qu'ils seront portés aux nues comme les grands bâtisseurs de New York, puis oubliés et enfin reconnus comme le germe de l'architecture moderniste en Amérique du Nord, nous savons qu'ils seront méprisés comme les impudents qui firent breveter un système de construction médiévale afin que personne ne puisse l'utiliser sans leur consentement en ajoutant, à ce que tout le monde avait fait depuis le XIIe siècle, une poignée de ciment Portland ou des sangles de fer, qu'ils vendirent une architecture ignifuge à un pays terrifié par le feu, les visionnaires qui firent migrer d'un continent à l'autre tout un système de construction et lui conférèrent une dignité qu'il n'aurait jamais eue, les génies, les maçons, les filous, les viticulteurs, les népotistes, les constructeurs compulsifs, circonstances trop contradictoires pour être vraies, ou peut-être suffisamment contradictoires pour l'être, mais nous ne savons pas ce qu'était cette peur de Guastavino qui le poussa à s'embarquer à Marseille pour New York le 26 février 1881 sans parler un mot d'anglais, à la suite d'une escroquerie qui allait l'empêcher à jamais de revenir, cette peur électrisante qui fait que chaque vie a un cap. Autrement dit, nous ne savons rien.

Encore que, tout bien réfléchi, il se pourrait que la peur ne fût pas strictement de sa compétence. L'anthropologue chinois Fei Xiaotong écrivit une fois que les États-Unis d'Amérique étaient le seul pays sans fantômes. Peut-être que Rafael Guastavino avait simplement choisi New York comme monde sans fantômes. Un monde sans fantômes où apporter une architecture sans feu.

On dit que Rafael Guastavino, Moreno de son deuxième nom, vit son premier incendie à seize ans, en 1959, à Valence. Nous en ignorons les circonstances précises. Nous supposons, parce que nous sommes d'une nature romanesque, qu'il y assista parmi la foule. Nous savons qu'il habitait non loin de là, dans la rue Verónica, que son père était un ébéniste descendant d'un fabricant de pianos et qu'il était le cinquième d'une fratrie de quatorze enfants, dont sept seulement atteignirent l'âge adulte. L'incendie s'était déclaré dans le vieil hôtel de ville. Nous savons aussi ce qu'est le feu. Dans son *Traicté du feu et du sel*, Vigenère le décrit comme « un animal insatiable qui dévore tout ce qui naît et vit, un animal qui, après avoir tout dévoré, se dévore lui-même ». Et, bien que nous ayons perdu « l'habitude de lire les secrets du livre de la nature » – comme le disait, un peu pompeusement, Guastavino –, dans la masse des flammes nous cessons de lire et commençons à sentir. Quel étrange savoir s'empare de nous : soudain il devient évident que les édifices résistent ou brûlent jusqu'aux fondations et s'écroulent, comme s'écroule cette mairie, que les édifices et les ponts s'effondrent comme s'effondrent les personnes, sans qu'il y ait grand sens à se demander ce qu'il s'est passé.

Peut-être que dans la fabrique de mosaïques de l'architecte Monleón, Rafael Guastavino voit aussi un autre feu, un feu immobile qui se répète sans diminuer ni croître, celui du four en briques. Il le voit aussi dans la musique, dans les veines du bois du violon. Il a envie d'être musicien, puis non, ou peut-être pas complètement, parce qu'il sait qu'il n'a pas de talent bien qu'il aime la musique. C'est toujours comme ça. Le feu de la musique ressemble à celui qui engloutit l'hôtel de ville, il est exigeant et compromettant, sans morale. Il voit aussi le feu sur les voûtes de son lointain parent Juan José Nadal, sur la courbe qui s'incline au-dessus des fidèles de l'église de Sant Jaume. Il le voit des années plus tard sur le corps des femmes, dans l'excitation qu'il ressent à les approcher. Parfois il voudrait en aborder une au marché et la posséder tout de suite, il voudrait qu'elles ressentent ce qu'il ressent et que tout soit expéditif, que la même obnubilation qui le prive de sens commun les en prive aussi et qu'en quelques minutes tous deux soient en train de haleter dans une ruelle. Simple ? Peut-être, mais personne n'a dit que Guastavino était un Casanova.

Dans les affaires aussi, Guastavino voit le feu. Dans les récits qui enrobent et dorent les paroles précises, ou qui se noient par l'absence de paroles précises. À la différence de celui qui détruit l'hôtel de ville, le feu des affaires élude les causes qui le provoquent, c'est un incendie sans centre pour lequel il faut s'en remettre à des commentaires hasardeux, dire ce que l'on attend et apprendre à se taire. C'est pourquoi l'architecture triomphe de la musique dans le cœur de l'adolescent Guastavino. Parce que le feu de la musique brûle, mais celui des édifices enrichit.

On sait que Rafael Guastavino a dix-sept ans lorsqu'il s'installe à Barcelone en 1857, pour suivre une formation de maître d'œuvre, et qu'il loge chez un oncle paternel trop riche pour ne pas en profiter, Ramón Guastavino, tailleur de profession, copropriétaire de la chaîne de textiles El Águila. On sait aussi que Rafael ne tarde pas longtemps à engrosser sa cousine Pilar Guastavino, née Buenaventura, orpheline que l'oncle Ramón a adoptée en lui donnant son patronyme.

Ce foyer qui représente tout ce qu'il n'a pas eu dans la vie change le monde pour Guastavino, cette maison où il jouit de privilèges, où il passe l'été en fantaisies bourgeoises tout en préparant ses examens de maître d'œuvre, lutinant Pilar quand ils sont seuls et brossant son costume pour soigner sa présentation. Cette maison où il arbore une fine moustache et un regard de chat affamé change tout. Il y admire le talent commercial de l'oncle Ramón et déteste Valence et son père ébéniste. Il découvre aussi qu'il y a des princes dans ce monde et qu'il est possible d'être comme eux avec un peu d'audace et un peu d'oubli. Si bien qu'après la réprimande de rigueur, le toast de rigueur, le cigare et l'accolade de rigueur, car en fin de compte – si absurde que cela paraisse – tout est resté dans la famille, Guastavino et María Pilar Buenaventura se marient en cette même année 1859 à l'église de Sant Jaume, trop adolescents encore pour que les invités ne se moquent pas d'un fiancé, probablement éméché, qui finit par jouer du violon, et d'une fiancée, probablement sobre, qui le déteste depuis le début, mais après tout qui se soucie que deux adolescents s'aiment ou se détestent.

Mais nous pouvons aussi nous fier à Guastavino. Nous pouvons penser que ces années-là, après la naissance du premier enfant, José, suivie par celle d'un autre, Ramón, puis d'un troisième, Manuel, Guastavino devient ce qu'on a l'habitude d'appeler un homme. Nous pouvons penser qu'outre ses velléités bourgeoises, Guastavino apprend à aimer son métier d'un amour d'artisan, comme il a aimé la musique qu'il aurait voulu composer mais n'a pas pu, et donc qu'il remercie ses « maîtres éminents de l'École de Barcelone, don Juan Torras et don Elías Rogent, qui m'ont guidé dans l'étude des arts et des sciences appliquées, et ont attiré mon attention sur le système de construction par briques, alors à l'état embryonnaire ». Embryonnaire depuis sept siècles, peu importe, embryonnaire au final. Ce n'est pas parce qu'un nuage passe au-dessus d'un pré qu'on va le voir moins nettement. Si nous ne pouvons pas nous fier à tout ce que dit Guastavino, nous pouvons au moins nous fier à sa joie.

En chemin vers l'atelier de Granell i Robert, où il travaille comme assistant, ou de la fonderie vers l'École des maîtres d'œuvre, Guastavino ressent parfois une étrange euphorie, semblable à une pulsion. Il est joyeux non seulement parce que, sans avoir terminé ses études, il a déjà dessiné les plans de deux maisons, mais parce que tout est possible, parce qu'il a trompé le monde, bien que tromper ne soit pas le verbe adéquat. Ce que nous voulons dire, c'est que Guastavino comprend que vivre est la question fondamentale, qu'il est nécessaire de faire, faire, toujours faire, qu'une carrière réussie ne tient pas au talent mais à ceux qui possèdent encore des ressources quand les autres les ont perdues, que la propriété est religion, choses aussi élémentaires que l'eau, ce que, malgré tout, les gens mettent du temps à comprendre et certains jamais. Guastavino y parvient grâce à son désir d'imiter les cérémonials des Güell, des Muntadas, des Oliver, des Blajot, d'être adopté par eux avec cette étrange fragilité aléatoire avec laquelle les riches choisissent leurs amis moins riches mais intelligents, moins riches mais grands artistes, pour donner de la couleur à leur vie et rompre leur immense ennui, le formidable ennui mortel qu'engendrent précisément leurs propres privilèges.

De sorte que Guastavino adopte ce système embryonnaire de construction en briques employé depuis sept siècles pour couvrir les nefs d'églises, faire des arcs et des escaliers, et qui n'est rien de plus qu'un système de voûte d'usine, et il dit : après la première couche de briques, mettons, au lieu de plâtre, du ciment Portland pour la rendre plus résistante et aussi ignifugée, ajoutons ici et là des sangles de fer et faisons breveter ce système que nous avons perfectionné. Cette idée simple change sa vie. Il n'est pas étrange que le hasard ait tant de pouvoir, nous sommes vivants par hasard. Guastavino n'entrevoit pas la portée de sa trouvaille lorsqu'il prépare les plans de l'usine de textiles Batlló alors qu'il n'est même pas architecte. Il sait que c'est quelque chose de nouveau, que cette salle aux multiples voûtes en maçonneries unies par de très fins appuis de fer laissera Batlló bouche bée et, au passage, l'oncle Ramón (qui lui a obtenu ce chantier) et tous les autres. Il sait – comme l'écrit Pavese – qu'une idée devient féconde quand elle est la combinaison de deux trouvailles, mais pas que c'est là son coup de génie. Le ciment Portland est cher, il faut l'importer d'Angleterre, mais c'est précisément ce voyage qui fait sa valeur par rapport au ciment romain que l'on utilise en Catalogne. C'est comme si tous ces architectes avec lesquels il a partagé les bancs de l'école et qui continuent à pratiquer une insipide architecture française, ces familles fortunées, ces entreprises textiles de l'oncle Ramón, l'invention du ciment Portland, comme si toutes ces choses avaient été là, n'attendant que lui pour enfoncer le clou, comme si le monde s'était concerté depuis des siècles pour lui offrir quelque chose qu'il n'avait pas offert aux autres et qui, dans le fond, lui revenait. Avec la trouvaille qui mêle l'ancien et le nouveau, la voûte en briques et le ciment Portland, il y a l'assurance que l'esprit d'une nation est comme celui d'un quartier, l'esprit d'un quartier celui d'une classe sociale, et le soupçon, moins facile à démontrer mais pour autant pas moins évident, qu'une classe sociale ne tient en réalité qu'à un fil : celui qui unit son être naturel à son invention, ce qu'ils sont en vérité et le récit qu'ils racontent.

Beaucoup de livres sur Guastavino arrivent sur ce point à une étrange *impasse**[1]. Il semble avoir deux vies : l'une mémorable qui commence à New York et l'autre rustique, à Huesca, qu'aucun auteur ne mentionne. Il y a une espèce de négligence dans les livres, peut-être tout simplement parce qu'elle y est dans les vies ou – pire – parce que nous avons besoin de croire au génie, ce fameux génie que certains ont et d'autres pas. On affirme souvent que la pulsion sexuelle de Guastavino détruit son mariage et que commence alors un enchaînement de mort et de décadence, ce

1. Les mots et expressions en italique suivis d'un astérisque sont en français dans le texte. *(NdT)*

qui est vrai et aisément vérifiable, mais qui élude le véritable mystère : la peur de Guastavino.

Certains y voient la malédiction d'un magicien : un an avant la mort de l'oncle Ramón, en 1871, Guastavino et Pilar se séparent. Après la mort du bienfaiteur, les chevaux se transforment en souris, le carrosse en citrouille. Guastavino passe de jeune homme prometteur avec parrain à architecte sans diplôme. Ses travaux, signés jusque-là par des prête-noms, sont maintenant anonymes. Sa famille aussi est réduite à néant. Pilar le chasse de la maison, et bien qu'elle accepte qu'il revienne quelques mois plus tard, les choses ne sont plus les mêmes, ni non plus les contacts qui avant lui ouvraient les portes sans qu'il eût besoin de frapper. En 1871, la Catalogne est une poudrière politique. Les investisseurs prennent peur. Les chantiers sont paralysés. Avec l'argent de l'héritage Guastavino achète des terres à Huesca et les utilise pour produire du vin, mais aussi pour prendre ses distances. Lors d'un de ses rares retours à Barcelone, Pilar, la Pilar détestée, tombe de nouveau enceinte. Qu'éprouve Guastavino pour elle ? Ce n'est pas seulement une absence de sentiment, c'est quelque chose de plus hypnotique : une étrangeté distante qui le saisit chaque fois qu'elle joue son terne personnage dans le petit drame familial. Quand il retourne à Barcelone, il va la voir, il parle avec elle et avec les enfants, lesquels comme des diables bien dressés le détestent chaque jour un peu plus, et quand ils se lassent d'échanger des ragots ou d'évoquer des questions politiques qu'elle ne comprend pas et qui au fond ennuient Guastavino, quand la fin des repas s'éternise, il observe la grossesse de Pilar et ressent pour cette rondeur quelque chose qu'il n'avait jamais ressenti pour aucun de ses trois enfants, une vertu qui en émane et l'appelle, avant même de voir le jour. C'est comme si la haine s'inversait inexplicablement en amour, et que toute sa détestation pour Pilar, un peu aussi pour ses trois enfants, pour ce pays de péquenauds et pour la pluie qui tarde à tomber se transformait là en espoir.

Certains se marient à leur troisième mariage ou meurent à leur deuxième mort ; Guastavino, lui, se sent père au quatrième enfant. Ils le baptisent Rafael : Rafael Guastavino Guastavino, mais il se chargera de modifier son patronyme avant d'embarquer pour New York : Rafael Guastavino Expósito, une petite humiliation pour Pilar, ou peut-être même pas cela, la formulation d'un désir, le fils de Guastavino et de personne d'autre, de Guastavino et de l'écume, engendré par son cerveau, comme un magicien. Nous ne savons pas non plus comment se manifeste son amour, ni s'il quitte plus souvent Huesca pour Barcelone en profitant des pauses naturelles de la production viticole, mais nous savons que pendant ces premières années Guastavino engage une jeune fille, Paulina Roig, pour qu'elle s'occupe de l'enfant, et que peu après il commence à coucher avec elle comme il a couché avec toutes les autres nounous, bien qu'il tombe suffisamment amoureux de cette dernière pour oublier toute discrétion et énerver définitivement Pilar, qui tient alors leur mariage pour mort et enterré.

Nous n'en savons guère plus. Les faits ont toujours une énergie indestructible : ce Guastavino protégé à Huesca de l'instabilité de Barcelone, de la déclaration de la République fédérale de 1873 et de la restauration monarchique de 1874, ressemble parfois à un personnage galdosien, un bourgeois distant qui fait ce que savent faire si bien les Güell, les Muntadas, les Oliver, les Blajot : attendre et laisser les idiots s'entretuer.

Guastavino prospère lui aussi sans construire. En 1873, on lui demande une contribution pour la délégation espagnole à l'Exposition universelle de Vienne, en 1874 il fait partie du jury qui choisit la façade de la cathédrale de Barcelone, en 1876 il reçoit une mention honorifique à la Centennial Exhibition de Philadelphie. De ces trois événements, la mention honorifique sonne pour Guastavino comme une promesse. Elle arrive des États-Unis dans une grande enveloppe, comme la lettre d'un vizir, contenant l'éloge de la maison hygiéniste et tubulaire qu'il a présentée. Si quelqu'un lui avait expliqué que presque tous les architectes de la Centennial Exhibition avaient reçu cette même enveloppe cachetée, les choses eussent été différentes, mais cela aurait porté atteinte à la nature même d'une mention honorifique,

honorifique notamment parce qu'elle n'est pas décernée à tous. Guastavino n'a pas de raisons d'en douter, alors il ne doute pas, il montre le document à sa maîtresse Paulina, à son ami Oriol et surtout à sa Pilar détestée comme un coup de théâtre : profitant d'un propos sardonique de sa part, il sort la *honorable mention* de Philadelphie et la pose sur la table comme une déclaration d'intention, sans ajouter un mot, et Pilar sourit, ou peut-être pas, car qui se soucie en fin de compte de ce que font les couples qui se détestent.

Mais maintenant c'est la mort qui n'accorde aucune trêve. Notre sœur la Mort, qui décide du jour et de l'heure. Au décès de son oncle Ramón, en 1871, suivent ceux de sa tante Manuela en 1874, de ses propres parents, les deux en 1875, puis de son frère Manuel en 1876. Meurent aussi en 1876 son oncle Antonio Guastavino et sa sœur Pascuala en 1879. La mort pèse sur Guastavino comme une chape de plomb. De ses six frères et sœurs, il ne reste que Carlos, qui habite à Valence, et Juana, à Madrid. Certaines de ces morts – mystérieusement, celle de sa mère et celle de son frère – sont dures à surmonter. Il se rend à Valence pour se charger des obsèques et des formalités des héritages dérisoires, et il rentre à Barcelone avec le désir de fermer lui aussi les yeux. Valence exerce sur lui un pouvoir fantasmagorique. « Adore ta ville, mais pas trop longtemps », disait Eugenio Montejo de Caracas, ce que Guastavino aurait pu dire de Valence, voire de Barcelone ou de Huesca, ou, en fermant les yeux, de ce monde infâme. Adore ce monde infâme, mais pas trop longtemps.

Alors il décide de s'en aller, en partie parce que cette chape de plomb l'étouffe, mais surtout parce que Pilar lui avoue un soir qu'elle a l'intention d'émigrer en Argentine pour éviter le service militaire aux enfants. Guastavino ne s'attendait pas à ce coup, certes d'une logique totale, mais il ne s'y attendait pas. Cela a dû se passer au début de l'hiver 1880. Nous l'imaginons appuyé sur le coude, redressant légèrement la tête, caché derrière la grosse moustache qu'il s'est laissé pousser. Les commentaires sarcastiques ne sont pas le fort de Guastavino, c'est plutôt un sanguin. Dans les projets de construction il tend à sous-estimer les frais de production ; dans les personnes, le poids des secrets. Davantage que la décision de Pilar, ce qui le scandalise, c'est sa froideur, la manière, le temps de macération de la haine. Il reste sans voix. Pilar reprend la parole : elle compte emmener tous les enfants. Non, pas tous, réagit Guastavino. Pas Rafael. Pas lui. Et là, Pilar cède trop vite, presque stratégiquement vite, peut-être parce qu'elle avait prévu la réponse, peut-être consciente que Guastavino pourrait lui compliquer sérieusement la vie s'il le voulait. Il y a un moment de suspens qui est en réalité une cession. Guastavino révèle – il improvise ? – son intention de partir aux États-Unis. Pilar contre-attaque par un secret bien mijoté : elle l'a privé de tout droit sur l'héritage de son oncle et compte garder l'argent. Tu ne peux pas me faire ça, dit Guastavino. C'est déjà fait, réplique Pilar.

Qui dit ce qui est impardonnable ? Les lois le disent, l'envie, l'honneur le dit, le ridicule honneur, toi aussi Amédée de Savoie, roi d'Espagne, toi Guastavino, toi Pilar Buenaventura, toi la peur ? Qui dit qu'on ne peut pas signer une reconnaissance de dette d'une valeur de quarante mille dollars sans la moindre intention de les rembourser, changer le nom d'un enfant de neuf ans, s'embarquer pour New York sans parler un mot d'anglais juste parce que l'on a reçu une mention honorifique qui n'avait en réalité rien d'honorifique, qui dit lequel de ces gestes est essentiel, ou mieux, lequel de ces gestes à l'origine désespéré devient ensuite essentiel seulement parce que, grâce à lui, Guastavino devient Guastavino ? Nous ne le savons pas. Nous ne savons rien. Nous ignorons jusqu'au poids réel de quarante mille dollars, son poids critique en papier-monnaie, les paroles de Guastavino pour convaincre sa maîtresse Paulina Roig de l'accompagner à New York avec le petit Rafael et, bien sûr, ses deux filles, parce que de la vie ne nous parviennent que des informations insaisissables, des actions dont nous ne savons que faire, ou pire, des informations que nous n'adoptons que si elles confirment nos préjugés.

En outre, existe le danger d'embellir le départ de Guastavino, de le nimber de romantisme ou d'épopée criminelle. Pour neutraliser ce danger il suffirait de quelque chose de réel, de sentir, fût-ce une seconde, l'odeur de poisson pourri du port de Marseille le 26 février 1881, ou d'être mordu à la cheville par un chien au milieu de la foule chaotique, mais comme rien de tel n'est possible et qu'arrivés à ce point notre sympathie est trop manifeste, nous disons que personne n'arrête Guastavino pour savoir comment il construit les coupoles de Saint-Jean-le-Théologien, de la Smithsonian, de la gare de Grand Central, en partie parce que c'est véritablement ce qui s'est passé – personne ne l'a arrêté – mais aussi, ne le nions pas, parce que nous trouvons cette escroquerie de quarante mille dollars tellement amusante, tellement espagnole. Disons-le d'emblée : nous aimons les voleurs. Et lorsque demain sera enfin demain et que se dresseront à Manhattan tous ces édifices, vous vous soucierez comme d'une guigne de cette escroquerie de quarante mille dollars et de la rage de ceux qui traquèrent Guastavino dans ce pays assurément de merde où il n'avait aucune intention de revenir.

Le voyage est long et il faut bien distraire les enfants. Nous ne savons pas si Guastavino raconte des histoires au petit Rafael et aux deux filles de Paulina, ce n'est pas trop son genre, mais nous n'en écartons pas l'idée, la vie est imprévisible quand elle veut.

Nous ne savons pas s'il cède à la peur de la prison qu'il a éprouvée pendant ces journées ni combien de fois il a lu les lettres de recommandation qu'il a réussi à obtenir le dernier mois pour se présenter aux architectes de New York. Nous supposons qu'à un moment un orage plus fort que la normale a éclaté et que la peur de mourir noyé dans l'océan surpasse celle d'être emprisonné, car les peurs aussi ont des hiérarchies et il est raisonnable qu'un grand mal soit neutralisé par un mal supérieur. Nous savons – parce que Guastavino l'a raconté bien des années plus tard – qu'il a pensé au grand incendie qui a ravagé Chicago dix ans auparavant et qui a constitué la raison la plus importante de sa décision d'émigrer aux États-Unis. Le célèbre et mythique incendie de Chicago en 1871. Et nous savons aussi ce que sait Guastavino du célèbre et mythique incendie de Chicago en 1871, parce que c'est ce qu'il en a lu dans la presse catalane et française dix ans avant : le 8 octobre de cette année-là, vers 21 heures, au 137 de DeKoven Street, plus précisément dans le petit hangar situé derrière le 137 de DeKoven Street, où la famille O'Leary abrite des animaux, parmi lesquels une vache, quelqu'un a oublié une lampe à pétrole que la vache a renversée, provoquant l'incendie du hangar, puis de la maison des O'Leary, pour se propager dans tout le quartier et dans toute la ville de Chicago.

Les articles que lit Guastavino ajoutent – peut-être pour rassurer le lecteur – que, à la différence des villes européennes, l'incendie est tellement dévastateur à cause d'un enchaînement de circonstances. Parmi les inévitables, on cite la sécheresse historique que subissait la ville et le vent de sud-ouest ; parmi les évitables, plus des deux tiers des structures de Chicago étaient en bois, la plupart des toitures couvertes de goudron et le revêtement des rues tout autant inflammable. De l'autre côté des Pyrénées la presse est encore plus catastrophiste : le feu aurait ravagé plus des deux tiers de la ville, coûté la vie à cinq cents personnes et privé cent mille de foyer. En conséquence logique, la tragédie a été suivie d'une explosion de pillages causant des dizaines de morts, de pertes incalculables et qu'après plusieurs jours de chaos, l'état de siège a été décrété. Voilà ce que sait Guastavino. Et la connaissance de ces faits – terrifiante mais en fin de compte gérable – a grandi en lui, comme la mention honorifique de la Centennial Exhibition de Philadelphie, d'abord une petite patte, puis l'autre, jusqu'à engendrer une créature qui, comme le dit Vigenère du feu dans son *Traicté du feu et du sel*, ressemble à « un animal insatiable qui dévore tout ce qui naît et vit, un animal qui, après avoir tout dévoré, se dévore lui-même ».

Guastavino pense alors au feu. Il sait aussi qu'en 1863, à New York, les *Draft Riots* – les émeutes – ont provoqué l'incendie de centaines d'immeubles, et qu'en 1872, un autre grand incendie a ravagé un quart de la ville de Boston. Il sait que le feu est là-bas et que les vaches des O'Leary ne manqueront pas, ni les poivrots qui oublient une bougie allumée, ni les révoltes, et qu'il faudra après reconstruire les villes avec des matériaux ignifugés, parce qu'un peuple ne peut pas être assez bête pour accepter de voir régulièrement réduits en cendres les fruits de son travail. New York ne peut pas faire exception. C'est ce que pense Guastavino. Et il a la solution.

II

En bons dévots, nous ferons une arrivée triomphale à Guastavino, nous dresserons le tableau de la ville de New York en 1881 et nous ferons abstraction de tout ce que nous en connaissons aujourd'hui comme si le réalisme consistait en cela : sept millions d'habitants, le registre des passagers d'Ellis Island, la lourde plaisanterie de la statue de la Liberté. Nous ferons disparaître d'un trait de plume les gratte-ciel, tous les ponts de l'East River sauf celui de Brooklyn, celui-ci nous le laisserons à moitié construit avec une tour au milieu du fleuve que Guastavino contemplera étonné comme si c'était un palais délirant. Nous dirons – avec l'intention d'ébahir – que ce pont était alors le point le plus haut de la ville, ce qui a l'avantage d'être vrai, et nous verrons beaucoup de misère au port, une misère avec des dizaines de bateaux noirs qui oscillent comme une forêt mouvante, en partie parce que nous sommes imaginatifs, mais aussi parce que la pauvreté réelle est peu reluisante et la faim véritable absolument pas spectaculaire.

En nous fondant sur les photographies conservées du Castle Clinton, où se trouvait la douane en 1881, nous construirons aussi un bureau en carton-pâte pour Guastavino, Paulina Roig et les trois enfants, nous les entourerons d'une centaine de figurants à l'allure de parias européens, l'air un peu menaçant mais pas trop, afin que parmi eux se produise quelque clin d'œil de circonstance, car après tout eux aussi fuient ou cherchent quelque chose, souvent – foin du paradoxe – les mêmes adresses, et lorsqu'ils se retrouveront dans la rue, cette première rue de New York, nous les placerons à un carrefour boueux, comme pour un tournage hollywoodien, où Paulina Roig et ses filles saliront leurs robes (prémonition), et un gamin qui pourrait avoir neuf ans mendiera quelques pièces à Guastavino, suggérant – ce qui, de nouveau, aurait l'avantage d'être vrai – que nombre de personnes arrivées récemment à New York sont maintenant des indigents, ou pire, des criminels, ou pire encore, sont mortes, comme le prouvent des milliers de documents dont il n'y a aucune raison de douter. Alors, ne doutons pas : c'est bien ce qu'il s'est passé, point par point.

Et quitte à ne pas douter, nous ne douterons pas non plus de ce que raconte dans ses mémoires le petit-fils de Guastavino de son père et de son grand-père : que Guastavino eut beaucoup de mal à s'adapter à quelques détails élémentaires de son nouveau pays, comme le fait qu'il n'y avait pas de vin (!) ou que les gens chiquaient du tabac et crachaient une mixture répugnante. L'omniprésence de ces crachats, plus que tout autre chose, décourage Guastavino, détail assez absurde pour être merveilleusement crédible : avoir détruit une famille, escroqué quarante mille dollars, traversé l'océan et cependant se sentir découragé parce que les gens crachent par terre. Ainsi sommes-nous.

De plus, on le sait, la terre n'est pas ronde partout. La langue se révèle comme le lieu de la grande humiliation. Cela commence dans la rue, mais Guastavino n'y attache pas grande importance. Ce maudit anglais. Au début ce n'est qu'une gêne, il pense que cela va s'arranger, il prend même la peine d'engager un professeur, mais les jours passent et ça ne s'arrange pas, l'anglais reste tout aussi incompréhensible et lui tout autant inutile, une humiliation dont il ne sait pas encore, mais nous si, qu'elle va durer toute sa vie. Maudit anglais. Cela lui arrive aussi lors des premières rencontres avec les architectes pour lesquels il a des lettres de recommandation, ces rencontres qu'il croyait si prometteuses. Une fois épuisées les trois tournures qu'il a apprises par cœur et – de surcroît – qu'il prononce mal, et à la quatrième fois qu'il est obligé de répéter *What?*, ou pire, à préférer la fuite en avant sans avoir compris, Guastavino sent que cette humiliation l'électrise et le décompose, qu'elle l'enlise d'abord, puis le rend violent.

Cela quand il obtient qu'on le prenne au sérieux. Au bout d'une heure de malentendus, Guastavino parvient à expliquer qu'il est capable de réaliser tout type de toitures et de voûtes en maçonnerie grâce à un système économique, cohésif, nécessitant peu d'échafaudages, et surtout ignifuge, *fireproof*, répète-t-il, *fairpruf*, *fairpruf*, *fairpruf*, jusqu'à ce que l'architecte yankee qui sourit et répète à son tour, *yes*, *fireproof*, avec une intonation légèrement différente, lui réponde que ce système a beau être multiséculaire, aucun architecte de ce pays ne voudra s'engager sur un type de construction sans base théorique et qui, de plus, semble requérir des briques plates, *sir*, qui n'existent pas ici, des mosaïques, *Mr. Wastabiino*, que personne ici ne fabrique un ciment, *my friend*, dont l'homogénéité est douteuse, et une main-d'œuvre, *my dear colleague*, qu'il faudrait importer parce que nous n'avons ici que des maçons irlandais et italiens, auxquels, heureusement, on peut faire empiler une brique sur l'autre, cela quand on obtient qu'ils le fassent bien droit et qu'ils ne tombent pas complètement ivres de l'échafaudage.

La ville est une masse inhospitalière de deux millions d'habitants. Du port jusqu'à Houston Street, il n'y a que des *tenements*, des immeubles, où s'entassent des centaines de milliers de personnes. Il n'est pas faux de dire que c'est le rebut de l'Europe. De plus, un rebut dégradé, sans espoir de prospérité, plongé dans la délinquance et des emplois sous-payés, avec un taux de mortalité capable de crever le plafond du pays le plus pauvre. C'est comme si cette masse de malheureux avait traversé le monde depuis leurs misérables villages italiens, irlandais, roumains, turcs, subi tout type de calamités et investi le dernier centime épargné en suant sang et eau pour embrasser ici une faim identique et, qui plus est, urbaine, comme si toute cette masse avait joué une fable sinistre sans autre dignité que celle de la survie pure et simple, et qu'il ne leur restait plus qu'à s'enfouir et disparaître de la terre qui les avait si follement fait germer. Guastavino n'a jamais vu une telle misère. Il n'a pas de référence mentale pour cette faim. Il ne sait qu'en faire. Nous non plus ne savons qu'en faire, mais la seule forme de penser est de dire, il n'y a pas d'autre façon d'avancer que d'être imprécis.

Il n'est pas non plus faux de dire que cette grille qui s'étend de Houston Street vers le nord, sur dix avenues et plus de cent vingt rues, est un cauchemar urbanistique que l'on aurait pu baptiser « la grande cage » parce qu'elle asphyxie la ville, la privant d'espaces publics, hormis deux ou trois minuscules parcs et un bois monstrueux dont on ne sait s'il est appelé ironiquement Central Park. Dans le Bowery, les trains suspendus font trembler les constructions en bois ou en pierre et mortier qui se dressent de chaque côté.

De temps en temps un immeuble s'effondre avec tous ses habitants à l'intérieur, ou un incendie se déclare et ravage un pâté de maisons, parce que quelqu'un a oublié d'éteindre une lampe à huile, ou parfois parce que la crasse s'enflamme spontanément, comme par dégoût.

Et il y a les édifices. Tous ces édifices qu'il est impossible d'ignorer, des pastiches construits par des gens qui se disent architectes alors qu'ils ne connaissent que les rudiments de la maçonnerie. Il faut maintenir le regard sur ces édifices, comme le fait Guastavino, regarder fixement jusqu'à la fatigue. Après des semaines à rabâcher à Paulina qu'ils sont chez les barbares, Guastavino s'assied en face d'un de ces édifices et se creuse la tête pour saisir de quoi diable il s'agit. Nous pouvons aussi imaginer une espèce d'épiphanie domestique, rien de très sidérant, néanmoins lumineux : Guastavino comprenant soudain que ce pays où il vient d'arriver n'a tout simplement pas d'architecture, comme il n'a pas d'histoire, que tout ce qu'il a, c'est une poignée d'édifices et de structures réduites à leur état le plus élémentaire, des fondations, une toiture, quatre ou cinq fenêtres, parce que les gens doivent dormir, manger, se réunir, formes empruntées à l'Europe, comme des animaux emmenés de force dans un zoo à des milliers de kilomètres de distance. Même les plagiats sont arbitraires et circonstanciels, redimensionnés et transposés sans le moindre goût. Même dans les matériaux il n'y a pas le moindre atome de noblesse : bois et structures métalliques couvertes de plâtre. Plus qu'un espace réel, la ville ressemble au plus grand décor d'opéra du monde. Ce n'est pas nous qui le disons : dans son livre *The Nature and Fonction of Art*, l'architecte Leopold Eidlitz décrit l'architecture de New York en 1881 comme « l'art de couvrir un objet par un autre pour imiter un troisième que l'on aurait pu considérer comme original s'il ne s'était révélé indésirable », propos qui aurait fait rire Guastavino, mais nous savons qu'il ne l'a pas lu, sinon il l'aurait cité.

Pourtant, sous ce désastre, il y a aussi une pulsion que Guastavino n'avait jamais encore perçue, la rage de construire, la rage de faire, faire, toujours faire, qu'il reconnaît et même qu'il adore. Il ignore d'où vient ce merveilleux souffle, mais il le sait, c'est aussi merveilleux et indubitable que l'argent que possède l'autre moitié du Bronx avec ses demeures et sa grossièreté de nouveau riche que Guastavino perçoit si bien car c'est la sienne, comme c'était celle de son oncle Ramón, mais si différente de la bourgeoisie des Güell, des Montadas, des Oliver, des Blajot. C'est comme si on avait élevé un enfant très intelligent en supprimant la moindre notion d'esthétique dans son instruction et que cet enfant avait tout fait avec efficacité, accéder à l'indépendance, développer sa personnalité, grandir, mais dans l'incapacité au moment de prendre en compte la beauté, d'éviter de rester un enfant pour toujours, voué à sauter d'un endroit à l'autre comme un petit fou, fasciné par tout ce qui brille.

Et il y a aussi le froid. Le froid que Paulina Roig ne supporte pas. Quelques mois à peine après son arrivée et de nombreuses disputes pour le moindre prétexte, excédée de passer des semaines enfermée dans cette ville obstinément sale où elle ne comprend pas un mot, Paulina fait de nouveau ses valises et retourne définitivement à Barcelone avec ses deux filles. Guastavino reste seul avec le petit Guastavino. Quelle grande scène dickensienne on pourrait décrire ici : père et fils en plein hiver après le départ de Paulina, perdus dans cette ville inventée. Quelle scène mémorable !

III

Nous ne connaissons pas la faim, nous ne pouvons pas imaginer la faim ; nous ne connaissons pas l'exil, nous ne pouvons pas imaginer l'exil, mais nous savons que le malheur est fait d'impressions, surtout dans le cas de Guastavino.

Parmi les nombreuses choses que nous ignorons, il y a celle de la perte de ces quarante mille dollars qu'il a emportés à New York. Presque tous les textes sur sa vie font une transition pressée entre cette arrivée triomphale et – à peine un an après – un Guastavino vivant sur la 14e Rue, employé comme dessinateur dans la revue *The Decorator and Furnisher*, pour vingt-cinq dollars la semaine. Nous savons – parce que c'est raconté par William Blodgett, qui deviendra trésorier de la Guastavino Construction Company – que, lassé de déambuler de bureau en bureau, Guastavino entreprend de construire un immeuble d'habitations en négligeant, dans son impatience, toutes les formalités relatives à la propriété. Blodgett raconte que, lorsque Guastavino a besoin d'un prêt pour terminer le chantier, les personnes auxquelles il a demandé de l'argent découvrent sa négligence et le « plument » du jour au lendemain. « Les Américains empochèrent ses quarante mille dollars et Guastavino le bénéfice de l'expérience. »

Ces Américains qui plument Guastavino paraissent une émanation logique de la ville de New York. Il y a quelque chose d'expéditif dans le récit de Blodgett, « *the americans had his $40.000 and he had the experience* », un coup sec, comme celui de ces tueurs, selon Riis, qu'on pouvait engager pour moins de cent dollars dans les *tenements* du Bowery pour tuer quelqu'un que l'on avait désigné d'un clin d'œil. Appelons ça la vérité.

Mais ça ne colle pas, comment quelqu'un ayant montré tant de caractère et même, à vrai dire, peu de scrupules, peut-il se résigner à la perte de quarante mille dollars et se mettre à dessiner des intérieurs mauresques comme un collégien, pour vingt-cinq dollars par semaine ? Quelque chose ne cadre pas avec Guastavino, du moins avec l'idée que nous avons décidé de nous faire de lui. Un voleur inspire de la sympathie, pas un être pusillanime. Pourtant, s'il est un point sur lequel s'accordent tous ceux qui l'approchèrent, c'est son impressionnante, son irrésistible personnalité, Guastavino pouvait être convaincant, séducteur, rapide, expansif, audacieux, passionné et même drôle. Cette gloutonnerie méditerranéenne de vivre et de construire, que nous trouvons si sympathique, parfois moins, contraste aussi avec les défauts de ses qualités : sa brusquerie, son goût du secret professionnel, son incompétence dans le calcul des dépenses de chantier, son inconscience à frôler la faillite, tous ces petits défauts qui parfois s'adoucissent avec l'expérience, ou jamais, et qui peuvent forger un grand homme ou un parfait idiot.

Seuls les détails qui révèlent un sentiment réel ont la vertu d'éclairer une vie. Nous savons que, soucieux de l'éducation de l'enfant, à peine âgé de neuf ans, qu'il a emmené à New York, Guastavino cherche un internat à l'européenne avec peu d'élèves. Il veut lui éviter autant que possible l'humiliation de la langue et il finit par trouver la solution dans une petite annonce de journal : une école primaire à South Wilton, Connecticut.

Ce qui suit, nous pouvons l'imaginer avec ou sans brume : le train de New York jusqu'à South Wilton, un soir de mars, père et fils à la gare comme deux électrons errants. Le petit-fils le raconte dans la prose médiocre et avec l'émotion de celui qui évoque le souvenir de son père. Père et fils firent le voyage en silence, presque honteux ; en silence aussi le chemin de terre qui reliait la gare à la petite école : une maison peuplée d'une douzaine de garçons. L'institution était dirigée par le couple Whitlock, et cet endroit au milieu de nulle part allait devenir son foyer pendant les deux années suivantes. Les Whitlock étaient aimables, mais les enfants s'acharnèrent sur lui à cause de la langue. De nouveau ce maudit anglais, l'anglais comme une torture partagée. Et bien que – dit aussi le petit-fils – Guastavino vînt le voir dès que ses obligations le lui permettaient, la sensation d'abandon dans une terre étrangère ne le quitta jamais. Le petit-fils insiste sur la dignité et le courage de cet enfant de neuf ans qui fut son père. Encore que, pour croire complètement ce récit, le narrateur devrait se défaire un peu du dépit et le lecteur du scepticisme.

Nous, cependant, nous le croyons. Nous croyons au récit de Guastavino, riche en apparitions et en miracles de dernière minute. Quand la situation économique commence à devenir intenable, un des architectes qui fait partie du jury de concours pour la construction du Progress Club voit un des dessins qu'il a publiés dans *The Decorator and Furnisher* et l'invite à participer. Ce dessin est un intérieur mauresque, il ne pouvait en être autrement, à chacun son pastiche, mais l'architecte est réellement fasciné et l'invitation est honnête.

Nous imaginons, parce que nous sommes de nature cruelle, un Guastavino s'élançant à corps perdu dans ce *Spanish Renaissance Style*, tout comme un malade ingurgite une potion qu'il avait refusée quand il était bien portant. Et voilà notre Guastavino sauvé par les fées, gagnant son premier concours comme architecte aux États-Unis et achetant avec les gains des lotissements dans Upper Manhattan pour y construire de nouvelles habitations. Vous vouliez du mauresque, vous aurez du mauresque. En outre, le Progress Club lui vaut une nouvelle commande, la construction d'une synagogue sur Madison Avenue, et l'amitié de l'homme d'affaires Bernard Levy, qui lui confie la réalisation de plans de maisons sur la 78e Rue.

Il nous faut croire au récit de Guastavino, car ces maisons de la 78e Rue sont toujours là, alors que le Progress Club et la synagogue ne sont plus que poussière de plâtre depuis plus d'années que l'on puisse se souvenir. Il y a quelque chose d'émouvant dans leur simplicité, leurs briques rouges et leurs lions blancs décoratifs. À l'une, Guastavino a adjoint des louveteaux semi-gothiques, à une autre une petite frise grecque et, avec une géniale économie de moyens, sur celle en briques au contraire, la décoration d'un mur ressemble à un damier de Jaca. Nous sommes des dévots, aussi aimons-nous doublement que ce soient des maisons simples. Nous serions passés devant sans nous arrêter si nous n'avions pas su qu'elles étaient de Guastavino. Maintenant que nous le savons, elles nous plaisent beaucoup plus, elles ont la grâce des visages familiers, de ceux dont nous tombons amoureux et que nous finissons par regarder sans pudeur.

Comment Guastavino voit-il New York pendant ces deux années qu'il passe seul, séparé de l'enfant et dirigeant de petits chantiers ici et là ? Pas comme nous, bien sûr, de cette façon mi-soumise, mi-cynique avec laquelle nous regardons New York, toujours conscients de notre ambivalence mais en baissant la tête parce que la majesté n'admet pas de réplique. Pour Guastavino, cela ne devait pas être aussi simple. Nous l'imaginons songeant qu'il avait peut-être jugé trop vite cette ville qui engloutit chaque semaine deux mille personnes et laisse Dieu sait où ces visages chinois, noirs, turcs, centreuropéens, anglo-saxons, mijotant à petit feu dans un melting-pot démesuré.

This is the city... and I am one of the citizens, pensait Whitman, et Guastavino aussi supposons-nous. Avec un peu d'imagination nous pouvons le voir en train de terminer le pastiche mauresque du Progress Club, étonné par la façon dont la vie a tout à la fois nié et confirmé ses attentes, s'écriant dans un anglais macaronique *completely wrong* et *absolutely wrong*, les deux phrases que, selon Blodgett, il répétait le plus souvent sur les chantiers. Énergique, vital, chauve.

1887. Il obtient alors ses trois premiers brevets *pour la construction d'immeubles ignifuges*. À partir de là, seul Guastavino pourra construire des voûtes en briques en Amérique du Nord. Tel celui qui breveterait la roue, Guastavino s'approprie ce système employé depuis des siècles pour couvrir des nefs d'églises, faire des arcs et des escaliers, mais personne à New York ne paraît s'en inquiéter, entre autres choses parce que toutes ces voûtes fines comme des coquilles d'œufs et ces escaliers sinueux semblent une idée délirante, mais surtout parce qu'à ce jour pas une seule personne n'a eu connaissance de son existence, ni – évidemment – la moindre intention de la mettre en pratique. Ce n'est pas non plus que Guastavino ait obtenu facilement ces brevets. Dans le fond, il importe peu qu'il répète *fairpruf, fairpruf*, chaque fois qu'il rencontre un architecte ou qu'il emploie ce système dans les édifices qu'il construit pour prouver son efficacité, les gens restent perplexes parce qu'ici, *my dear colleague*, le climat n'est pas celui de la Méditerranée, ici les plâtres se craquellent en hiver et la chaleur est tellement suffocante en été qu'on a du mal à respirer. Sans compter que les premières briques plates qu'il emploie sont de si mauvaise qualité qu'au bout de quelques mois elles commencent à tomber dans les premiers chantiers. Alors : C'était donc ça, *Mr. Wastabiino*, ce fameux système dont vous nous parliez ? C'était ça, *my friend*, votre système révolutionnaire, cohésif et économique ? Permettez-nous au moins d'en douter.

Deux ans passent. Le temps passe vite ici. Nous ne savons pas si Guastavino va chercher son fils parce qu'il se sent triste ou si c'est la tristesse qui accompagne son retour. Les deux événements peuvent être corrélatifs, voire simultanés, car ils surviennent en 1884, l'année de la panique financière provoquée par les faillites de la Grant & Ward, de la Marine National Bank et de la Penn Bank de Pittsburgh. L'effet domino de ces faillites emporte plus de cent mille entreprises, dont celle émergente et brimbalante de Guastavino. Un autre coup dur, peut-être définitif. Des années plus tard, il l'évoque lui-même, dans son *Essai sur la construction cohésive*, par une phrase assez sèche pour être convaincante : « Les obstacles et les difficultés paraissaient insurmontables et je faillis perdre espoir. » Comme dans toutes les phrases qui témoignent rétrospectivement d'une angoisse réelle, il y a dans ce « je faillis perdre espoir » une négation obstinée, ressentie si souvent de tout son corps, qu'elle se désactive en la nommant. Paradoxe courant : plus intense est un sentiment, plus il se transforme facilement en lieu commun.

Nous savons que, après trois mois sans pouvoir couvrir ses dépenses, abandonné par ses propres financeurs, et après une nouvelle escroquerie dans les lotissements qu'il avait achetés, Guastavino se rend dans le Connecticut, chez les Whitlock, pour leur annoncer que dorénavant il se chargera personnellement de l'éducation du garçon. Pour lui faire croire à une enfance heureuse, Guastavino raconte à son fils qu'il le recueille par amour, un mensonge plus vrai que la vérité. Son onde expansive se propage dans le récit du petit-fils : Guastavino apprenant à dessiner à son enfant dans la salle de rédaction de *The Decorator and Furnisher*, dissimulant ses maigres possessions dans un entrepôt et logeant en cachette dans les locaux de la revue.

Il y a une épique familiale dans la façon de raconter comment, en fin de journée, père et fils font semblant d'être plus occupés que jamais à leurs tables de travail, comment lorsque les autres employés regagnent leurs foyers, eux déplient un lit de camp et cuisinent sur un réchaud en colmatant les bas de porte pour que le veilleur de nuit ne les découvre pas. Et le petit-fils de poursuivre sur ce ton en affirmant que Guastavino arrête de jouer du violon la nuit, non parce qu'il n'en a plus envie, mais par crainte qu'on l'oblige à mettre l'instrument au clou pour payer ses dettes. Nous pouvons croire ou ne pas croire le petit-fils, mais une fois de plus la peur reste intacte. Pour la mettre à nu, il faudrait traverser les couches d'autocomplaisance de l'histoire, dissiper les petites affabulations décoratives, peut-être effacer ce veilleur de nuit si douteusement littéraire qui passe de temps à autre sans découvrir que derrière les portes de la rédaction, père et fils dorment sur un lit de camp, donner à l'angoisse sa véritable dimension implacable, cette angoisse qu'il nous est arrivé d'éprouver et que nous oublions si facilement quand nous sommes joyeux.

IV

Parle-moi, Ô muse, de cet homme au génie multiforme qui, en plein désespoir, et sachant qu'à Boston on commence à construire la plus grande bibliothèque du pays, se rend au cabinet d'architectes McKim, Mead & White, à qui le chantier a été attribué. Parle-moi de ce 27 mars 1889 où il rencontre McKim à New York et dès le lendemain se trouve au pied de cette future bibliothèque qui étonnera le monde et affirme qu'avec son système de voûtes il peut réduire de milliers de dollars le coût de la construction. Dis-moi comment il réussit à convaincre tout le monde dans son anglais macaronique et à construire sur place, en à peine un jour, une voûte de dix mètres de diamètre et sept centimètres d'épaisseur sur laquelle, pour démontrer sa résistance, il répand cinq tonnes de sable ; comment une semaine plus tard il travaille déjà à l'édifice en tant que bâtisseur, puis fort des quatre pour cent de bénéfices qui lui reviennent il regroupe tous ses projets sous le label d'une entreprise qui changera l'architecture des États-Unis : la Guastavino Fireproof Construction Company.

Une photographie en témoigne, toute une mise en scène conçue par Guastavino lui-même le 8 avril 1889 : on l'y voit juché sur l'arc de décharge de l'une des voûtes, mains dans les poches comme un funambule avec chapeau. Autour de lui, quatre maçons flottent sur l'échafaudage en posant des briques sous le regard attentif de leur patron. Ils doivent le faire à toute vitesse. Guastavino s'est engagé à couvrir cinq cents mètres carrés de voûtes, quasiment la totalité des couvertures de ce palais pour le peuple, ou plutôt ce palais de la culture pour le peuple comme l'appelle le cabinet McKim, Mead & White.

La médiocre architecture de New York est loin derrière. Là, c'est différent. La ritournelle de palais pour le peuple, ou de palais de la culture pour le peuple, dont on pourrait se gausser, commence enfin à paraître démocratique. Guastavino, lui, parle de palais de la culture pour le peuple, et les mots prennent une consistance émouvante, comme ses voûtes quand elles tiennent, ce qu'il n'avait jamais ressenti à Valence, ni à Barcelone, ni bien sûr à New York.

Et un soir, supposons-nous, lorsque la construction d'une voûte est achevée et qu'il faut décider quelle est la meilleure manière de la plâtrer, comme il se doit, tandis que déambulent avec fierté, comme seuls peuvent déambuler avec fierté un architecte yankee et un bâtisseur espagnol, McKim ou Guastavino, on ne sait lequel, dit combien sont jolis les dessins des mosaïques et qu'il est vraiment dommage de devoir les couvrir. Peut-être que Guastavino raconte alors qu'enfant il était fasciné par la voûte des Écoles Pías, mais McKim insiste, *my dear colleague*, sur la beauté de *ces* mosaïques et Guastavino sort alors un joker de sa manche. Son idée l'électrise et comme l'audace a déjà favorisé l'audace, cette fois il tire à bout portant : *laissons-les apparentes.*

« Les lois, disait Godwin, ne sont pas le fruit de la sagesse de nos ancêtres, mais le reflet de leurs improvisations, de leurs envies et de leur ambition. » On pourrait aussi dire de vers immortels qu'ils plagient des vers médiocres, des vaccins qu'on les découvre par accident, des coupoles en maçonnerie que la structure – le plus infime de l'infime – se transforme en identité nationale.

Nous savons que personne, ni en Espagne ni ailleurs, n'avait laissé auparavant apparente cette trame de mosaïques. Maintenant que notre regard s'y est habitué, on a du mal à croire que Guastavino en a eu l'idée, pourtant ce fut ainsi, et de plus nous avons besoin que Guastavino devienne enfin Guastavino. Nous lui avons fait endurer les pénuries nécessaires, comme si cela garantissait une espèce de sérieux, à présent nous aimons son sentiment de revanche quand il triomphe. Bien sûr qu'il travaille comme un mulet, faute de quoi il n'aurait pas réussi ces quadrillages comme des banderoles de bateau, toutes ces séries qui, unies à la courbe même de la voûte, deviennent soudain aussi jolies, industrielles et artisanales à la fois.

Ici, au centre de ce livre plein de retouches et de blancs, si discutable en bien des sens, il y a quelque chose qui n'est pas discutable, quelque chose qui n'est pas douteux : ce soir-là, lorsque Guastavino regagne son hôtel, la tête en feu, après avoir déambulé avec McKim sous les voûtes de la bibliothèque publique de Boston et ramasse, nous l'imaginons, des planchettes de la même forme que les mosaïques, ou peut-être qui sait les mosaïques elles-mêmes, des mosaïques du chantier qu'il a glissées dans un sac, et qu'il les pose sur la table, ou par terre, et commence à les assembler, une longue ici, une courte là, ou deux courtes et une longue, pour boucler la courbe du dessin et que le motif se répète, tels les sempiternels chevrons, ce motif répété dans des millions de constructions depuis l'Assyrie, Rome, Byzance, sur les chaussées de toute l'Europe médiévale, finit par devenir la marque de fabrique de la maison Guastavino. Ce moment tellement banal en réalité bien que ses répercussions soient totales, sans pour autant cesser d'être banal, est le moment qui nous étonne.

Désormais Guastavino et plus tard son fils reproduiront ces motifs sur des centaines de voûtes de banques, d'églises, de gymnases, d'auditoriums, de piscines, de bibliothèques, de gares, de maisons individuelles et de ponts. Ils deviendront d'abord la marque de fabrique de la Guastavino Fireproof Construction Company, puis dans la texture de l'architecture moderniste nord-américaine, ces modèles simples, accolés, reconnaissables, certains millénaires, d'autres plus raffinés, feront que les personnes qui contempleront ces édifices au long de leur vie, depuis leur enfance jusqu'à ce qu'ils emmènent leurs enfants pour les voir, tant pis pour la niaiserie, non seulement les reconnaîtront mais les adopteront comme ceux de la ville historique, qui ont fait que New York est devenu New York.

Après la trouvaille, son récit mythique. À deux reprises Guastavino est invité à s'exprimer au Massachusetts Institute of Technology devant l'aristocratie de l'architecture nord-américaine au grand complet. Dans la première conférence, selon le journal des séances, Guastavino construit devant l'auditoire une de ses voûtes afin d'en montrer la technique. Il s'en tient à l'essentiel et remporte la mise grâce à son sens du théâtre. Nous n'écartons pas la possibilité qu'il soit monté sur la voûte qu'il venait de construire. La deuxième, il le sait, est plus importante. Elle est annoncée sous un titre pompeux : *Théorie et histoire de la construction cohésive.* Il ne s'agit pas seulement d'une conférence à la tribune la plus importante du pays, c'est aussi une présentation en société et un récit.

Écoutons cette conférence, prêtons attention à cette salle où le directeur du MIT introduit Rafael Guastavino comme le seul représentant de l'architecture cohésive de notre pays, un type de construction, chers amis, que j'ai eu moi-même des difficultés à comprendre jusqu'à ce que Wastabiino lui-même m'explique qu'il appartient à la grande tradition classique, une sœur cadette si l'on veut, mais pas moins noble s'il faut en juger par ses possibilités dans cette bibliothèque (applaudissements), mais qui, à la différence de l'*opus caementicium* du Panthéon ou des voûtes en couronne byzantines, n'emploie que la brique, un type de brique plate, comme nous avons eu l'occasion de le voir lors de sa première intervention, une brique semblable à la tuile, qui permet la construction, avec peu d'échafaudages, d'un arc de base sur lequel se pose une première rangée de briques plates qui se soude très rapidement grâce au plâtre, et à laquelle sont superposées, nous l'avons vu, deux autres couches avec du ciment Portland en biais, *et voilà*[*], pour former une unique pièce monolithique, sans poussée latérale ou presque, que l'on peut percer sans qu'elle s'effondre et, ce n'est pas le moindre détail, ignifuge. La théorie moderne, chers amis, a du mal à expliquer ces phénomènes de résistance et nous pourrions penser que les bâtisseurs géniaux qui ont autrefois construit ces voûtes sont morts et enterrés dans la même argile que celle de leurs briques, nous pourrions penser qu'ils emportèrent avec eux leurs secrets dans la tombe si nous ne comptions pas parmi nous ce génie espagnol qui nous a émerveillés par l'audace de ses solutions. Mes amis, je vous demande d'applaudir Raphaelll Wastabiino.

À présent, le conte de fées. Accordons-lui une certaine dignité : pas de calvitie, pas d'aspect robuste et espagnol. D'abord, quelques touches géographiques : dire qu'à Barcelone réside une famille appelée Muntadas, des industriels appartenant à l'aristocratie catalane, et qu'un membre de cette famille possède une riche et vaste propriété à Saragosse, le « Monastère de pierre ». Il faut ensuite ajouter que Guastavino reçut en octobre 1871 une invitation à s'y rendre et que ce fut précisément à cette occasion qu'il découvrit une grotte immense, une des œuvres les plus sublimes et extraordinaires de la nature. « Imaginez la Trinity Church de Boston couverte par une immense voûte naturelle, supportée par des parois naturelles, avec des stalactites de toutes formes et dimensions suspendues comme de grandes araignées. Au sol, un lac, qui ne reçoit la lumière qu'à travers une vaste ouverture comme la rosace d'une cathédrale et d'où se précipite une cascade d'une soixantaine de mètres qui a la forme d'une "queue-de-cheval", ainsi est-elle baptisée. »

Guastavino fait une petite pause dans sa description rêveuse, puis il dit qu'à ce moment de sa vie il venait de quitter Barcelone après avoir construit plusieurs édifices, dont l'usine des Batlló, pour laquelle il croyait avoir considérablement amélioré le système cohésif, mais qu'en contemplant cette cascade qui chutait dans l'immense grotte il se sentit envahi par « la pensée que cet espace colossal était délimité par une seule masse de fondations, parois et plafond, une masse construite sans cintres, ni transport de grosses pierres, ni échafaudages ; cette grotte était un tout composé par des particules placées les unes sur les autres par la seule nature. À ce moment-là j'ai été convaincu que nos techniques de construction étaient très pauvres, malgré tout le matériel dont nous disposions pour réaliser ce genre d'édifices en suivant des principes naturels ».

Plus qu'une découverte, cette grotte est une épiphanie : « Pourquoi ne construisons-nous pas en appliquant cette technique ? » Question de pure forme alors qu'en réalité Guastavino est le seul à l'appliquer. Le mythe de l'architecture monolithique revient dans les paroles de Guastavino comme la mélodie d'un charmeur de serpents. Pour construire la modernité, restaurer l'antiquité, adopter à Boston et à New York le système avec lequel furent bâtis « les murs de mortier hydraulique de Babylone, les voûtes et les coupoles des Assyriens, des Perses, des Arabes, des Romains, des Byzantins ». Restaurer la dignité de cette architecture gravitationnelle qui peut se démonter à tout moment et dans laquelle les briques qui

« hier faisaient partie de la tombe d'un héros peuvent nous aider à construire demain les murs d'une étable ». Non, l'architecture cohésive ne peut être réutilisée pour de nouveaux édifices, c'est pourquoi, insiste-t-il, « les ruines inspirent respect et vénération, car seule la Nature, avec son lent mais sûr travail de désintégration, peut disposer du matériau de ses constructions pour son immense et éternel laboratoire ».

Et c'est ainsi que Guastavino fait mouche.

V

Nous savons que l'enfant grandit et cesse d'être un enfant, que Guastavino tombe de nouveau amoureux, cette fois d'une jeune institutrice mexicaine de quinze ans sa cadette, Francisca Ramírez. Nous ignorons où il a fait sa connaissance, mais nous savons qu'après une année de fiançailles et grâce à ce qu'il a gagné avec la bibliothèque de Boston, le couple s'installe en 1890 dans une maison de l'Upper West Side et se présente aux voisins comme monsieur Guastavino et ses deux enfants, Rafael et Francisca. À force de préserver les apparences cela finit par ressembler à l'opérette *Don Pasquale*. Francisca appelle Guastavino le « tondu ». Nous ne savons pas si elle surnomme son fils, probablement pas. À vingt ans, celui-ci travaille déjà à temps complet au bureau de New York et, comme un bon lionceau, il décroche son premier brevet, un addendum qui perfectionne la voûte en briques de son père.

Nous voulons croire que ce soir-là on ouvre une bonne bouteille à la maison et que le fils reçoit des tapes de félicitations sur son dos pas très robuste. Nous avons de la sympathie pour cette famille rassemblée, avec la jolie Mexicaine et le jeune fils. Ce soir-là au moins, ce n'est pas comme s'ils venaient d'une autre planète, ils appartiennent depuis toujours à New York. Guastavino fils n'a de connaissances en architecture que la fréquentation des chantiers depuis l'enfance, mais c'est un bon dessinateur. Il est de plus en plus passionné par les calculs de tension. Avec l'aide d'un ingénieur qui a toujours aidé son père, il commence à réaliser des graphiques pour mesurer les tensions et la résistance des voûtes, tout un faisceau de lignes méticuleusement tracées sur les plans, suivies de complexes calculs mathématiques. C'est la première fois que le fils dépasse le père. Une petite humiliation. Ou peut-être pas ; une célébration, mais cette fois sans bouteilles ni tapes dans le dos, juste la sourde reconnaissance des pères mégalomanes qui félicitent leurs enfants lorsqu'ils commettent l'imprudence de les dépasser. Les faits ne reflètent jamais la splendeur des vies. Nous insistons encore – peut-être en croyant absurdement que le tout est de se faire comprendre –, mais nos actions ne tiennent qu'à un malentendu.

Nous présumons que cette famille partage une harmonie relative. Pour l'affirmer nous disposons de fragments de lettres que Francisca écrit à Guastavino fils quelques années plus tard de la Caroline du Nord en lui parlant affectueusement de son père, ou des réponses de Guastavino à Francisca évoquant des questions de travail, comme qui s'adresse à sa mère avec la pudeur de ne pas trop lui montrer son affection. Nous pensons qu'ils s'entendent bien parce que l'un des Guastavino est obéissant quand l'autre est égoïste et que leur comportement est plus compréhensible de ce point de vue que de celui de la haine, mais si nous considérions le nôtre et l'expliquions succinctement cent ans après, il paraîtrait le contraire de ce qu'il fut.

Nous imaginons aussi qu'ils vivent en harmonie parce que Guastavino devient audacieux. Soucieux de prouver au monde que ses constructions sont réellement ignifuges, il construit une voûte dans la 68e Rue, prévient la presse et les services publics de la mairie et, le 2 avril 1897, il déclenche le plus spectaculaire charivari que l'on garde en mémoire dans les rues de Manhattan : il allume le feu et laisse la voûte brûler pendant cinq heures. Et comme si ce n'était pas suffisant, lorsque le feu s'éteint, il déverse sur la voûte cinquante tonnes de sable pour prouver sa résistance. Il aurait pu tout aussi bien monter dessus et se frapper la poitrine. Et préparer une paella avec les braises.

Parlons maintenant de Blodgett.

William Blodgett.

« *There is a tide in the affairs of men* », écrit-il dans ses mémoires quand il raconte le soir où un dénommé Hoffman, associé d'un constructeur espagnol, entre dans un bureau à la recherche d'un comptable et finit par le trouver, lui, Blodgett. « Les affaires humaines ont leurs marées. »

Blodgett est l'oiseau rare de cette histoire. S'il n'y avait pas eu un Blodgett, il n'y aurait pas eu un Guastavino, ce qui n'est pas exagéré et doit être dit avec franchise. Blodgett est celui qui sauve Guastavino de la ruine en lui évitant de se fourvoyer dans des investissements douteux ; il est l'assistant efficace, celui qui arrive au bon moment, l'employé apeuré par un patron colérique, l'Américain anxieux de prospérer, le dévot inconditionnel de la religion guastavinienne qui remet l'entreprise à flot avec ses économies, l'opportuniste qui rachète la société. « Les affaires humaines ont leurs marées. »

« Guastavino, écrit Blodgett dans ses mémoires, était un homme brillant, erratique, aimable, nerveux, intéressant et énergique. Terriblement instable dans beaucoup d'aspects et négligent pour les questions financières. » Il a dû corriger plusieurs fois cette phrase avec laquelle il présente son bienfaiteur. Il a dû en remplacer souvent les adjectifs pour qu'ils paraissent critiques sans cesser d'être élogieux. De fait, il ne peut exister personne de plus différent de Guastavino que ce mélange de cow-boy et de fils de famille prodigue de la Nouvelle-Angleterre, ce comptable maigre à la vocation de shérif, capable de marquer une vache comme de dresser un bilan des dépenses. De même que nous ne savons rien de la peur de Guastavino, de même nous ne savons rien de l'opiniâtreté de Blodgett. Il est aussi difficile d'expliquer son obstination à s'associer avec Guastavino que de comprendre certains couples, mais c'est là le mystère de Blodgett, un mystère qui ne sera pas dévoilé ici, ni ailleurs, parce qu'il n'a pas pris la peine de l'expliquer.

En revanche, nous savons que tout comme l'influence croissante de Guastavino, la présence de Blodgett change tout. Une petite annonce parue dans l'*American Architect and Building News* du 7 mars 1891 révèle que la Guastavino Fireproof Construction Company, sise dans la 57e Rue de New York, a déjà à ce moment-là des sièges à Chicago, Milwaukee, Boston et Providence, et qu'elle participe dans la seule ville de New York à la construction de vingt-trois édifices, qui auraient nécessité deux vies d'architecte, mais que la *company* achève en seulement trois ans.

« L'architecture doit être héroïque si elle ne veut pas être vulgaire », disait Gogol. William Blodgett aurait pu le dire avec plus encore de raisons. Il se charge personnellement d'ouvrir une usine de briques et de mosaïques permettant à l'entreprise de disposer de son propre matériel et de ne plus dépendre de tiers, ce qui avait jusque-là freiné son développement. C'est à Woburn, sa ville natale, et en l'espace de quatre ans, l'usine produit plus de deux cent mille briques par an, chiffre monstrueux pour l'époque, mais encore insuffisant pour le nombre de chantiers en cours. Les engagements exigent que tant Guastavino que son fils se déplacent sans répit d'un endroit à l'autre, l'un se plaignant des trains, l'autre appréciant leur facilité, l'un plus vieux que prévu, l'autre trop jeune, ubiquiste Guastavino et ubiquiste Guastavino fils, de Woburn à New York et à Boston. Nous savons aussi que la fabrique subit deux incendies, ce qui fait ricaner le public local, et qu'elle doit être reconstruite les deux fois à partir des fondations, mais Blodgett est là pour s'en charger. Pour brider aussi Guastavino, qui ressemble à un cheval emballé après le succès de la bibliothèque de Boston et la commande du gouvernement espagnol qui lui a confié la réalisation du pavillon espagnol à la World's Columbian Exposition de Chicago, « la plus grande réunion mondiale d'artistes depuis le XVe siècle », comme l'affirme pompeusement une annonce. Chaque fois qu'il quitte Woburn pour New York, Blodgett découvre que Guastavino s'est engagé à construire une voûte d'église néogothique ou une coupole de banque sans bien calculer les coûts, dépensant d'une main ce qu'il a gagné de l'autre.

Pour Blodgett, c'est presque un soulagement que père et fils soient confondus, il peut ainsi dédoubler les deux Guastavino, celui qui reste pour l'aider jusqu'à pas d'heure dans le bureau de New York et celui qui est de plus en plus chauve ; celui qui paraît un Guastavino délavé, avec ses yeux bleus et sa peau claire, puritain et yankee, bourreau de travail, très susceptible mais décidé, et l'autre Guastavino, imposant, robuste, apparemment impérieux mais en réalité fatigué, qui passe de plus en plus de soirées chez les Vanderbilt, les Morgan et les Rockefeller, comme il le faisait chez les Muntadas, les Oliver, les Blajot.

Des années après, Blodgett trouve presque miraculeux qu'à cette époque folle où ils esquivent de nouveau la faillite malgré les dizaines de commandes, ils l'esquivent, disons-nous, jusqu'à s'y précipiter définitivement, pendant toutes ces années où ils construisent, entre autres, le Madison Square Garden, le Baltimore Estate, l'Hôtel Plaza, la Central Congregational Church, l'université de Virginie. L'étonnement d'avoir bâti tout cela donne à Blodgett non pas tant la fierté d'avoir survécu, que le soupçon d'avoir été heureux.

Mais qui sommes-nous pour juger, alors que nous sommes plus soucieux d'assembler les pièces du puzzle de la vie de Guastavino que de tout autre chose. Qui sommes-nous pour ne pas dire que parfois nous vient l'idée que nous n'aimons pas beaucoup Guastavino, ou pis, que nous est indifférent ce Guastavino dont nous avons affirmé qu'il était le germe de l'architecture moderniste en Amérique du Nord et qui brusquement paraît couard lorsqu'il dit à son fils que, au cours d'un voyage pour superviser le chantier du Baltimore Estate, la grande demeure des Vanderbilt, il a fait une halte dans la petite localité d'Asheville,

Caroline du Nord, et que quelqu'un l'a informé qu'à quelques miles de là, à Black Mountain, il y avait une ferme à vendre à un bon prix, et même plus qu'une ferme, le versant d'une montagne couvert d'une forêt impénétrable. Un versant sur lequel court un ruisseau et s'ouvre une petite clairière dans la vallée où il pourrait construire une maison.

« Nous sommes entourés de montagnes. Où que nous regardons, il n'y a rien d'autre à voir, juste des montagnes, des arbres, des ruisseaux et des rivières », écrit Francisca à Guastavino fils en lui dépeignant la ferme que vient d'acheter son père. « Ni rues, ni électricité, ni gaz. Pas de joueurs d'orgue de Barbarie, ni Allemands, ni Irlandais, ni Orientaux, seulement quelques joyeux Noirs qui rient d'une façon si merveilleuse qu'on dirait qu'ils vont te manger tout entière. » Il est difficile de savoir si cette description est gaie ou triste. Francisca regretterait-elle ces joueurs d'orgue de Barbarie qu'ils écoutaient – maintenant nous le savons – dans les rues d'Upper Manhattan, a-t-elle la nostalgie de ces Allemands, de ces Irlandais, ou serait-ce que la présence de ces Noirs qui rient allègrement compense tout le reste ?

Mais le temps manque pour répondre à cette question. En février 1894 : la débâcle. Un des maîtres d'œuvre des chantiers de l'entreprise se déclare en faillite et la Guastavino Fireproof Construction Company, qui est dans l'eau jusqu'au cou malgré les conseils de Blodgett, coule avec lui. La banque qui leur avait accordé un prêt gèle les comptes par crainte des impayés, et les autres chantiers en cours génèrent des bénéfices si minimes que la Company n'a pas d'autre solution que de se déclarer en faillite. C'est le début de la fin de Guastavino et le début du début de son fils. Le premier décide de se retirer et de s'installer à Black Mountain pour éviter les questions gênantes et les créanciers insistants ; le second fait un pas en avant. Il s'emploie, avec l'aide de Blodgett, à maintenir ouverts les bureaux de Boston et de New York, et de terminer les chantiers en cours. Le petit-fils écrit que lorsque son père dit au revoir à son père et à Francisca, il a malgré sa jeunesse déjà des cheveux blancs. Nous ne savons pas ce qu'il espérait.

VI

Tous les livres sur Guastavino ne forment qu'un seul et même livre, y compris celui-ci. C'est pourquoi il est nécessaire de dire un certain nombre de choses. La première : tous s'accordent pour considérer que la faillite de l'entreprise se révèle bénéfique parce qu'elle sort Guastavino de l'équation et le remplace par Guastavino fils ; en 1897 est fondée une nouvelle Guastavino Fireproof Construction, avec Guastavino fils comme associé majoritaire, Blodgett comme associé et trésorier et Guastavino comme vice-président.

La deuxième : le déménagement à Black Mountain permet un assainissement des affaires personnelles de Guastavino. En se retrouvant dans la solitude d'une forêt en train de construire la maison où il mourra, avec ce bois qu'il a refusé toute sa vie, Guastavino éprouve le besoin d'épouser Francisca Ramírez et d'un certain retour à la foi, car il commence à aller à l'église d'Asheville et écrit au curé auquel il offre une partie de sa propriété pour y ouvrir un couvent qui ne sera jamais construit ; un retour aussi à son amour pour la musique, car il compose des valses pour violon de qualité acceptable et même une messe inachevée qui sera jouée à ses propres funérailles. Autrement dit, Guastavino fait ce que font les gens quand ils sentent que leurs jours sont comptés : tenter d'acheter Dieu avec de la menue monnaie, sauver des désirs enfouis, peu dormir la nuit.

La troisième : ce désir de mettre ses affaires en ordre confronte Guastavino à ses fantômes. Les exigences d'un mariage catholique obligent à prévenir ceux qui, pour des motifs légitimes – épouses comprises –, seraient susceptibles d'opposer des objections pertinentes à la nouvelle union. Nous ne savons pas si la cousine María Pilar est encore en vie, ce que nous savons c'est qu'elle reste muette, mais pas les enfants, qui se révèlent depuis l'Argentine comme les lutins du conte : l'un est viticulteur, le deuxième entrepreneur, le troisième architecte, autrement dit les trois métiers d'un père qu'ils ne connaissent presque pas, et bien sûr ils parlent, ils parlent même beaucoup, non seulement pour se réjouir de reprendre contact avec ce père et de lui demander des nouvelles de leur frère, mais aussi, en passant, pour demander à Guastavino s'il ne pourrait pas leur envoyer un ascenseur pour un immeuble qu'ils sont en train de construire à Buenos Aires. Le plus vite possible.

La quatrième : à cette époque se produit un épisode apparemment sans importance. Guastavino fils remporte le concours de l'*Architectural League* dont le sujet est « une église de style colonial », concours auquel le jeune homme n'avait dit à personne, ni à son père, qu'il comptait se présenter. La nouvelle lui parvient – comme la *honorable mention* à l'exposition de Philadelphie – dans une enveloppe cachetée, mais cette fois le prix est très réel, et la lettre du comité fait l'éloge du goût exquis de cette tour *Spanish Renaissance Style* si ressemblante à une Giralda jivarisée, Giralda que, bien sûr, il n'a jamais vue de sa vie. Guastavino ne peut se retenir d'appeler son père qui, à ce moment-là, nous le savons, se trouve dans le train de nuit qui l'emmène de la Caroline du Nord au siège de l'entreprise à New York. Il l'appelle avec cette fébrilité des enfants à clamer leurs triomphes pour qu'on les aime encore plus, ou qu'on les aime tout court. Et lorsque, enfin, il répond au téléphone, Guastavino s'alarme. Il demande à son fils s'il lui est arrivé quelque chose. Non, non, rien, enfin, si, bien sûr qu'il est arrivé quelque chose, j'ai gagné le concours de l'*Architectural League* avec un projet d'église coloniale. Tu as gagné un concours, bon… c'est très bien, quoi d'autre ? Non, rien d'autre. On raccroche alors, cet appel est très cher. Et ils raccrochent.

Cela pourrait paraître insensé, mais nous sommes convaincus que cette scène si simple, reproduite quasi mot pour mot par le petit-fils et le fils de Guastavino, cette scène recueillie dans les mémoires en deux longues pages avec les répliques des intéressés, révèle toute la relation de Guastavino avec son fils, comment ils se sont aimés ou ont cessé de s'aimer, comment ils se sont compris, comment ils ont eu besoin l'un de l'autre. Cette scène qui passa complètement inaperçue par le père et qui fut revécue mentalement des dizaines de fois par le fils, tantôt de manière disculpatoire, tantôt accusatoire, en tentant d'imaginer les détails qui ne se voyaient pas, parce qu'en parlant au téléphone il pouvait se passer littéralement n'importe quoi et que peut-être le fils était injuste en accusant le père d'insensibilité, ou – pis – de pingrerie alors qu'il l'avait vu être plus que prodigue dans ses nuits de bamboche avec Stanford White l'architecte, ou dans ses repas avec Morgan le banquier, cette scène résume tout. Non seulement le passé, rétrospectivement, mais aussi l'avenir. Car nous avons le soupçon, peut-être absurde, mais non sans fondement, qu'à partir de cette conversation Guastavino fils décide d'être Guastavino, de faire tout ce que son père n'a pas su ou pu faire, il décide, pour ainsi dire, d'écraser littéralement Guastavino avec son succès, et il ne s'agit pas seulement de ce succès insignifiant de l'*Architectural League*, que Guastavino lui-même minimise, mais des succès à venir qui occuperont tout, car si le fils ne possède pas le caractère extraverti et souple qui a permis à Guastavino de se lier aux Güell, aux Vanderbilt et aux Rockefeller, le fils a au moins d'autres qualités, notamment celle de ne pas être un coureur de jupons, ou celle d'être prêt à se tuer au travail. Nous pouvons dire aussi, hypothétiquement bien sûr, mais de nouveau non sans fondement, que malgré cette détermination et le fait que Guastavino parvint finalement par ses propres succès à écraser son père, bien que ce fût celui-ci qui participa à la construction de la cathédrale Saint-Jean-le-Théologien, de la gare de Grand Central, du Smithsonian, ou encore du pont de Queensboro, la douleur de cette conversation téléphonique se prolongea suffisamment pour que Guastavino la raconte à son fils, mot pour mot, innocent comme il paraissait l'être, un peu maladroit, avec ses silences et ses raclements de gorge (J'ai gagné un concours. Ah bon… c'est très bien, autre chose ? Non, rien de plus. Alors raccrochons, cet appel est très cher. Et le son du téléphone lorsqu'ils raccrochent) et y repense maintes fois, peut-être comme un accord entre eux deux, comme le pacte par lequel les fils tentent de combler les carences des pères pour ne pas les reproduire, mais assurément, cela nous le savons, en les revivant millimétriquement bien plus tard, comme un tambour assourdi par une toile, puis par une couverture, mais dont le son reste profond et emplit le cœur d'angoisse.

La mort est aussi de retour. Notre sœur la Mort qui décide du jour et de l'heure. L'une d'elles conduit Guastavino à se cloîtrer définitivement à Black Mountain, l'autre le fait se rendre à l'université de Virginie, où la Company construit des voûtes.

L'architecte Stanford White, du cabinet McKim, Mead & White, responsable de quasiment la moitié des constructions, est tué d'un coup de feu en plein Madison Square Garden par le mari de sa maîtresse. Puis ce sont deux charpentiers qui meurent accidentellement sous une voûte de l'université de Virginie. Ces morts sont humiliantes et honteuses. L'une est annoncée dans la presse, les deux autres passées sous silence. L'une déprime Guastavino qui voit sa propre mort se refléter dans celle brutale de son ami ; les autres font du jeune Guastavino un homme d'affaires capable de gérer des situations complexes. L'une convertit le père en croyant, les autres le fils en mondain. De cela personne ne parle.

C'est alors que débute l'époque dorée. On commence à bâtir les édifices qui nous rempliront de fierté, auxquels participe l'entreprise comme maître d'œuvre des voûtes et d'une partie de la décoration. Peu à peu, Guastavino fils a commencé à prendre des décisions dans la fabrique de Woburn, notamment en dessinant des mosaïques vitrées de différentes couleurs qui, jointes aux modèles de Guastavino, donnent à l'entreprise un discret charme *art déco**. Ils veulent des mosaïques ? On va les enterrer sous les mosaïques, pensa peut-être Guastavino. À Paris, quand les gens voient la tour Eiffel, ils se demandent encore ce que c'est exactement, mais les New-Yorkais traversent déjà le pont de Brooklyn et visitent le Flatiron, un immeuble fin comme une feuille de papier qui a déclenché dans le monde entier la *newyorkmania*.

« Quand Broadway se remplit de passants et d'oisifs, quand la masse devient plus dense / quand des dizaines de milliers de regards se croisent / moi aussi je me lève, je marche sur les trottoirs, je me mêle à la foule. » Nous sommes tout autant persuadés que cet état d'esprit de Whitman envahit Guastavino que du fait qu'il ne cesse de respirer. Saluons avec joie la ville verticale. Bienvenue à toi, cité des humains, New York nouveau-née. Il y a trente ans à peine, un certain Elisha G. Otis offrit, tel un marionnettiste, un petit spectacle à Bryant Park, entre la 5e Avenue et la 42e Rue, pour montrer une invention appelée pompeusement ascenseur et nous ne l'avons pas cru, cela nous parut alors trop farcesque lorsqu'on le vit s'élever sur une plateforme et qu'il ordonna de trancher le câble avec une hache. Nous nous attendions à le voir tomber à pic, mais nous avons vu alors que cette plateforme ridicule s'articulait à un frein invisible et qu'Elisha G. Otis ne tombait pas dans le vide, mais qu'il nous saluait et s'écriait dans un porte-voix en carton : « Mes amis, l'ascenseur ! » Un spectacle négatif : nous faire croire qu'allait se passer ce qui ne se passa pas. Ce jour-là nous sommes partis indignés, comme si on nous avait volé le portefeuille ; aujourd'hui nous savons qu'Elisha G. Otis avait raison, cette invention était la clé de la ville verticale.

Et, tout bien réfléchi, c'est là que nous voulions en venir. À ces parois blanches, lisses comme des falaises.

Si le regard était capable de traverser ces murs nous verrions le spectacle merveilleux de dizaines de milliers d'hommes et de femmes flottant dans l'espace. Un compartimentage infini et vertical. C'est ce que nous sommes capables de faire. C'est ce que nous sommes. Nous sommes nés de choses opposées : la nature et notre fantaisie. Nous ne le savons même pas.

Nous ne savons pas non plus que Guastavino le comprend. Ce qu'il est sur le point de faire, ce qu'il a *déjà* fait. Peut-être qu'il ne comprend même pas. Nous pensons parfois que les personnes ne comprennent quelque chose que lorsque nous trouvons absurde qu'elles ne l'aient pas compris. Le vraisemblable est toujours plus convaincant que le réel. Quand Cerdá recoupe les angles des immeubles de Barcelone et crée les chanfreins, il ne pense ni aux cafés ni aux espaces publics, mais à l'idée que les voitures puissent circuler plus vite avec plus de visibilité. Guastavino crée lui aussi un espace public en creusant un espace privé tout en prétendant faire autre chose.

Au début c'est un prétexte pour justifier sa présence. Sous les fondations du Municipal Building, dans la première station de métro de la ville, sous City Hall, sous les arches du pont de Queensboro, dont la construction commence à peine, Guastavino trace des espaces voûtés couverts des sempiternels et reconnaissables modèles de la Company. La voûte est à l'architecture ce que l'abracadabra est aux contes : là où elle apparaît la logique est suspendue. Sur les arcades du gigantesque Municipal Building, Guastavino dessine une petite loggia italienne, dans la première station de métro un salon de mosaïques colorées *art déco*[*], et sous le pont de Queensboro un grand marché pour lequel la publicité de la Company prépare des prospectus représentant un élégant gentleman qui se promène avec une dame sous les arcades, comme s'il n'y avait rien de plus romantique au monde que de se faire des confidences sous un pont. Là où il n'y avait pas d'espace, Guastavino crée un lieu.

Interchangeables comme ils sont, discuter la forme de tous ces édifices n'a pas de sens. La forme n'est rien de plus qu'un habillage de fantaisie, tous sont couverts des mêmes voûtes, le modèle est unique. Guastavino comprend, ou peut-être pas, que la seule chose à faire pour transformer une église en piste de danse, c'est de placer les bancs sur les côtés : la décoration n'est que le glaçage d'un gâteau vide. Et quand on crie dans le vide, on n'entend que le son de sa propre voix.

C'est ce qui arrive réellement, nous n'exagérons pas. Guastavino dort dans Upper Manhattan en sentant affluer de tous les points du pays un fleuve d'or prêt à faire de New York la grande Babel, Thomas Jefferson s'arrête en Virginie devant un pont creusé dans la roche durant des siècles par le passage d'une rivière et pense que l'architecture américaine sera naturelle ou ne sera pas, Louis Sullivan écrit dans son journal intime « je lâcherai la bride aux rêves d'enfant », Frank Lloyd Wright parle de l'idéalisme, de la fierté, mais aussi de la susceptibilité et du danger. Faire ou détruire. L'Exposition universelle de Chicago construit pour tous une ville qu'il appelle ville blanche. Plâtre et roseau. Mais il est inutile que quelqu'un vienne la détruire, la pluie s'en charge. Puis apparaît la ville blanche de Coney Island, avec ses parcs d'attractions peuplés de *freaks* et ses montagnes russes : bois et peinture. Inutile également que quelqu'un la détruise, elle brûlera toute seule jusqu'à ses fondations quand on découvrira que sa joie n'était qu'un creux à l'estomac. Tous veulent créer une architecture nationale, mais il est difficile d'avoir la nostalgie d'un amour avant même d'être arrivé au bal. Sans histoire, pas de nostalgie de l'histoire. Sans nostalgie de l'histoire, pas d'architecture nationale.

Pendant ce temps, reclus à Asheville, Guastavino prépare un ultime brevet : une voûte futuriste de proportions colossales, un réceptacle abritant bibliothèques, musées, bureaux, entrepôts…, un train circulaire ascendant circulera dans cet espace dantesque. Futurisme et voûtes en briques alors que cela fait à peine quatre ans que l'homme a appris à voler sans se tuer. Futurisme et voûtes en briques alors qu'on écrit sur une table en bois, dans une maison en bois perchée sur une colline au milieu d'un bois de Caroline du Nord dans lequel pendant les quatre derniers millénaires ont chanté les mêmes oiseaux et poussé les mêmes plantes.

Il faudrait maintenant imaginer cette maison. Ce n'est pas très difficile. Elle se dresse au milieu du bois, avec une tour et une horloge rustique. En réalité elle est très simple. Un porche à l'entrée, une petite chapelle, en bois elle aussi, et un four à briques. Sous les fondations, une cave remplie de bouteilles de vin ordinaire. À l'intérieur, un architecte de soixante-six ans et son épouse de cinquante et un.

Pour mettre une touche de couleur, posons sur le bureau les plans de l'église St. Lawrence, inspirée de la basilique des Désemparés, qu'il a dessinés pour la ville d'Asheville, avec une grande coupole elliptique de dix-huit mètres sur vingt-cinq. Il a déjà commencé à la construire et paie de sa poche toutes les voûtes. La dernière année, le chantier l'a obsédé au-delà du raisonnable. Cette église est entrée en lui comme une maladie, avec la férocité des pensées obsédantes, et elle a commencé à grandir, nous ne savons pas comment, peut-être aiguillonnée par cette vanité élémentaire qui rend insupportable à celui qui a été l'ami des rois de New York de ne pas être adoré par les mendiants d'Asheville, ou alors par ce tam-tam qui nous fait comprendre que la fin est proche et mêle à la petite consolation des succès la soif terrible des manques, qui nous rend dramatiques et peu raisonnables, nous faisant désirer l'amour pur ou le néant, le salut ou le néant, la postérité ou le néant, et qui à mesure que la fin approche s'articule parfois à ce que nous appelons Dieu, décrit par ceux qui y croient comme une chute terrible suivie d'une rencontre amoureuse, une expansion qui s'empare des êtres humains lorsqu'ils perçoivent leur fin, d'autant plus forte s'ils ont vécu intensément, comme c'est le cas de Guastavino.

Aussi tout commence-t-il par une petite congestion pulmonaire fin janvier 1908. Rien de plus logique et naturel. Ainsi que par une réprimande de sa femme Francisca, qui continue à appeler son mari le « tondu », tu as pris froid, mon Tondu, ce n'est plus de ton âge, mon Tondu, le chantier de cette maudite église va te tuer, mon Tondu. Bien que tous deux aient un fort caractère, leurs quinze ans de différence les ont conduits inévitablement à la chimie intraduisible des couples mal assortis, où le plus jeune devient le soignant mais aussi le bourreau du plus âgé, l'ami mais aussi celui qui humilie l'autre.

Sur la dernière photographie, celle de son avis de décès, Guastavino est presque complètement chauve et s'était laissé de nouveau pousser une moustache prussienne, mais maintenant elle tient plus du pompon de Noël que de l'épais buisson de l'époque où il embarquait à destination de New York. « Je dois te dire, écrit Francisca à Guastavino fils, que mon Tondu est pire que jamais avec son travail. Avant-hier, il s'est levé à trois heures et quand il a vu qu'il était si tôt, il s'est recouché. Tous les jours il se lève de plus en plus tôt, ce matin à une heure moins vingt ! Et à cinq heures, il se recouche, épuisé. C'est comme ça qu'il se comporte depuis que nous sommes installés ici. »

Aussi, ne reste-t-il qu'à pousser du petit doigt cette infection pulmonaire vers un problème rénal, et la messe est dite.

GUASTAVINO

I

Nous ne savons rien, l'histoire est mensongère et l'amour n'existe pas, mais parfois il suffit de la peur, la peur comme le fil d'or d'une fable, pour retrouver toutes les réalités perdues; la vérité, la science, l'amour. Au moindre signe suspect, la peur engendre une constellation de villes possibles. Faites peur à quelqu'un capable de les construire et vous aurez le monde.

Nous connaissons le visage de Guastavino. Il apparaît en première page du *New York Herald* le 19 septembre 1909: joufflu, le regard sombre, fine moustache, cheveux prématurément blanchis et raie au milieu. Un homme jeune pressé de vieillir. Nous savons qu'il est arrivé à New York âgé de neuf ans et qu'il a eu une formation qui tient plus de celle d'un artisan médiéval que d'un architecte, qu'il a été l'apprenti de son père à partir de quinze ans, qu'à vingt ans il a déjà à son actif quatre brevets liés à la construction par briques, et qu'à vingt-deux ans il supervise sa première voûte à la Grace Universalist Church de Lowell, une structure fine comme du papier, de vingt mètres de diamètre et quinze centimètres d'épaisseur. Nous savons aussi qu'il est fier d'avoir bâti cette voûte. Sur un coin des plans, exactement au coin inférieur droit, ainsi qu'on peut le voir encore à l'Avery Library, si l'on demande un rendez-vous plusieurs semaines à l'avance et si l'on accepte de porter des gants, Guastavino a écrit son nom et la date comme au bas d'une rédaction scolaire : *Rafael Guastavino Jr 1895*. L'écriture est soignée, appliquée. Une écriture qui trahit la satisfaction. *Rafael Guastavino Jr 1895*. Lorsque le bibliothécaire se retourne, il est possible d'ôter un gant et de caresser ces mots du bout du doigt.

Nous savons aussi qu'après la mort de son père, le 1er février 1908, Rafael Guastavino prend les rênes de l'entreprise familiale avec son trésorier William Blodgett et que cette année-là son attention se partage entre l'achèvement de l'église d'Asheville et la vingtaine de chantiers que la Company a ouverts dans différentes villes. Nous ignorons ce que ressent Guastavino quand il se rend à Asheville pour surveiller les travaux, quand il dessine le plan de la chapelle latérale où repose le corps de son père, nous ne connaissons pas le degré de son affliction, autrement dit nous ne savons rien, mais sur une histoire semblable Ingmar Bergman tourna en 1975 un film intitulé *Sonate d'automne* dans lequel une fille invite sa mère, après sept ans d'absence, à passer

Noël chez elle. Lorsqu'elles sont seules la nuit, la fille (interprétée par Liv Ullmann) ne peut réprimer la rancœur accumulée et dit à sa mère : « Tout est possible et se fera au nom de l'amour. La fille héritera des blessures de la mère. Est-ce que le malheur de la fille est le triomphe de la mère ? Maman, est-ce que ma douleur est ton plaisir secret ? » Nous ne savons pas pourquoi, mais quand nous avons vu ce film et qu'est arrivé ce climax insoutenable, nous n'avons pu nous empêcher de penser : Guastavino, Guastavino.

À l'exemple de la fille suédoise il faudrait ajouter pour le fils de Guastavino une morale catholique reconvertie en protestante et une sensation d'être orphelin assez forte pour le faire monter et descendre du train des dizaines de fois et se rendre aussi souvent au siège de la Guastavino Fireproof Construction Company. Il faut savoir aussi que nombreux furent ceux qui n'apprirent même pas la mort du père malgré la couverture du *Herald* et d'autres hommages à titre posthume, des personnes qui téléphonent au siège pour s'entretenir avec Mr Wastabiino et s'étonnent qu'un jeune homme réponde dans un anglais parfait *I am his son* – probablement une de ces phrases que l'enfant répétait sur les chantiers, ou quand il allait chez les Rockefeller, les Vanderbilt, les Morgan, *I am his son* – jusqu'à ce qu'un jour quelqu'un demande à parler à Mr Wastabiino et que Guastavino se carre dans son fauteuil, se racle la gorge avant de prendre l'appareil et réponde.

Il se peut qu'il n'en fût pas exactement ainsi, nous le savons, mais cela dut quand même se passer exactement ainsi : *I am Mr Wastabiino.* Bien qu'il soit impossible de préciser si cela rendit les choses faciles ou difficiles (les voies de la négation sont impénétrables), nous savons pourtant qu'à l'encontre de ce qu'affirme le lieu commun, la vie exige plus d'émotions que de réflexions, et que Guastavino est incapable de pourvoir la vie des émotions qu'elle exige de lui. Cela, non parce qu'un quelconque document en témoigne, mais parce que le brave homme manifeste une réaction des plus communes quand on est étreint par le chagrin et que l'on vit aux États-Unis : se tuer au travail.

L'inévitable est toujours une évidence. « La mort (ou son allusion) rend les hommes précieux et pathétiques », Borges *dixit.* Les personnes en lesquelles il aurait pu se changer sont aussi innombrables et hypothétiques que les motifs qui poussent Guastavino à être Guastavino. Et bien que l'être réel que fut Guastavino appartienne au domaine des vérités scellées, comme l'énergie noire ou le temps multidimensionnel, nous avons accès à deux jalons de sa construction personnelle. Les deux sont des formulations biaisées de la mort. Dans l'un Guastavino se *sent* mourir, dans l'autre il se *voit* mourir. Le premier a lieu à Denver, pendant la construction du Telephone Building, après la journée exténuante d'une semaine exténuante, après neuf heures de chantier suivies de longues séances de calcul, Guastavino ouvre les yeux et ne parvient pas à se lever du lit. Ni à manger. Il pense d'abord à une indigestion, mais une arythmie cardiaque lui coupe le souffle et pendant quelques secondes il a l'impression que quelque chose l'a suspendu puis laissé tomber. Après un jour de repos il s'efforce de se remettre au travail, mais ça le reprend. Le médecin diagnostique une *nervous prostration* et prescrit un changement d'habitudes alimentaires, de style de vie et une pratique inédite dans la vie quotidienne de Guastavino : la distraction. Nous n'en savons pas plus, sauf qu'en revenant à New York il quitte son domicile et s'installe dans une pension de Green Street, Brooklyn.

La deuxième crise se produit pendant la construction d'une chapelle latérale de Saint-Jean-le-Théologien, l'église monumentale de Harlem à laquelle la Company travaille depuis des années et dont le chantier a été paralysé des dizaines de fois. Il a enfin repris, comme si la mort du père l'avait débloqué. Un des ouvriers pose trop de briques sur une voûte latérale et Guastavino la voit s'effondrer, et c'est d'une hauteur de soixante-dix mètres qu'elle s'effondre. Aucun ouvrier n'est blessé. Ce n'est pas le problème. Guastavino a un cuir d'éléphant pour ces choses ; il a déjà vu des dizaines de bras amputés, des crânes ouverts comme des pastèques, d'innombrables jambes cassées et des mains écrasées, lui-même a failli mourir en tombant dans une cage d'ascenseur, il ne s'agit pas de ça, mais de quelque chose de plus étrange et insaisissable. Peut-être seulement le bruit, le fracas de quarante tonnes tombant à pic de soixante-dix mètres. À présent que le père a disparu de la surface de la Terre, ce bruit est comme un concentré sinistre. Avant, cela lui aurait été tolérable, plus maintenant. Et ce bruit va demeurer en lui.

Mais lâchons la bride à notre admiration, et soyons bouche bée devant ces deux prodiges architecturaux : la coupole du Smithsonian de Washington et la grande coupole de Saint-Jean-le-Théologien, à New York. Que ressent Guastavino lorsqu'il accepte ces projets ? Tout d'abord – pensons-nous – l'étrange conviction que ces coupoles vont le détruire ; puis – pensons-nous aussi – la non moins folle conviction que s'il parvient à dresser ces deux édifices à Washington et à New York, il sera invulnérable. Nous n'en avons pas la certitude, mais nous pensons qu'il accepte ces commandes comme un adolescent défie Dieu en plein orage. Nous voyons sa petite moustache, nous voyons son désarroi d'orphelin et son fantasme de mort, et, ensuite, ces voûtes monumentales : Psychologie 1.

Nous pourrions toutefois douter de notre perspicacité et penser que ce qui arrive à Guastavino relève de ce que Thomas Bernhard disait de ces malades chroniques quand ils guérissent : en recouvrant la santé, ils sont obsédés par la vie comme si c'était quelque chose de terrible et ne peuvent plus trouver le repos, ils vivent le reste de leurs jours dans un état d'excitation permanent. Bernhard ajoute que parfois cette excitation se concentre dans une activité incessante, d'autres fois dans une introspection destructrice. Dans ce cas il faudrait répondre à la non moins épineuse question de la nature de la maladie dont Guastavino guérit et de ce lieu qui l'a marqué pour toujours. Avec un peu d'audace quelqu'un pourrait dire : le père. Et encore un peu plus d'audace : mais il n'est pas guéri.

II

Nous croyons tous savoir ce qu'est l'amour, Guastavino lui aussi, mais les impulsions sont plus sages que nous. Là où certains disent : je ne serai pas cruel comme mon père, Guastavino dit : je n'aimerai pas comme mon père. Sa haine de la débauche paternelle a rendu le fils chaste et pudique, et – probablement – distant. Bénie soit l'humiliation de la chair qui nous rend indulgents pour les fautes des autres et aussi pour les nôtres. Guastavino ne l'a pas encore éprouvée. Il a l'arrogance des vierges. Mais pas pour très longtemps.

Nous ne savons pas comment est sa vie au début dans cette pension de Green Street, le foyer de William et Genevieve Seidel. Ni comment il trouve l'endroit. Personne n'échange sans y être obligé un logement confortable contre un autre qui ne l'est pas, aussi l'imaginons-nous agréable. Il y côtoie deux adolescents : Elsie et Henry, les enfants des propriétaires.

Maintenant que l'ombre du père ne plane plus sur la terre, Guastavino perd peu à peu de son introversion. Il aurait pu s'offrir un hôtel à Manhattan, mais il préfère le royaume discret et confortable des Seidel. Cela correspond mieux à son caractère. C'est peut-être pourquoi, lorsque William, ou Genevieve, lui posent des questions sur ses projets pendant les repas, il fait ce qu'il n'aurait fait nulle part ailleurs : il fanfaronne. Il raconte comment il a conçu il y a un an à peine la double coupole du Smithsonian de Washington, deux fines coquilles d'œuf de vingt mètres de diamètre unies par des contreforts flottants qui canalisent la poussée vers les murs et de là vers les fondations de l'édifice. Les hôtes suivent du regard la poussée de la voûte, comme une sorcière dans un conte de fées, du ciel jusqu'au donjon. Pour Genevieve, les plans de Guastavino tiennent d'un sortilège ; pour William, Guastavino est tout ce qu'il aurait voulu être : un chef d'entreprise qui a du succès. Aussi pose-t-il des questions sur la structure de la Company, sur ces complexes calculs de tensions. Divines paroles incompréhensibles, d'autant plus prestigieuses qu'elles sont incompréhensibles.

Le feuilleton commence là : à ce moment où le fils de Guastavino décrit comme un « platonique *ménage à trois** », ce qui est en réalité une aimable infidélité avec un mari porté sur l'alcool à cause de ses échecs d'*entrepreneur** et un Guastavino au sommet de son angoisse et de sa réussite. La vie est un drôle de cocktail. C'est Elsie Seidel qui le découvre, elle n'est alors que la fille adolescente de la famille et elle finira par devenir la femme de Guastavino. Une mini-série en quatorze épisodes :

1) Arrivée de Guastavino (LE CÉLÈBRE ENTREPRENEUR) à la pension des Seidel.

2) Amitié entre LE CÉLÈBRE ENTREPRENEUR et le couple.

3) Liaison entre LE CÉLÈBRE ENTREPRENEUR et la maîtresse de maison Genevieve Seidel (L'ÉPOUSE DÉSABUSÉE), liaison découverte par sa fille, Elsie Seidel (L'ADOLESCENTE À LAQUELLE PERSONNE NE PRÊTE ATTENTION).

4) Crise du couple, dérive éthylique de William Seidel (LE MARI ALCOOLIQUE) et abandon postérieur du foyer.

5) Abandon du foyer, pour raisons de santé mystérieusement non spécifiées, de L'ÉPOUSE DÉSABUSÉE, qui se réfugie chez sa mère, à Atlantic City.

6) Dépôt de plainte du MARI ALCOOLIQUE contre LE CÉLÈBRE ENTREPRENEUR, pour *alienation of affections*, formule légale par laquelle un des conjoints accuse une troisième personne de sa rupture conjugale. LE MARI ALCOOLIQUE demande en réparation la somme démesurée de cinquante mille dollars.

7) L'ADOLESCENTE À LAQUELLE PERSONNE NE PRÊTE ATTENTION, horrifiée par la tournure des événements, se rend, après avoir terminé ses études, à Atlantic City pour voir sa mère.

8) Intérieur-nuit. L'ADOLESCENTE À LAQUELLE PERSONNE NE PRÊTE ATTENTION embrasse une photographie du CÉLÈBRE ENTREPRENEUR. Nous découvrons qu'elle a été secrètement amoureuse de lui tout ce temps. Nous la regardons d'un autre œil. Elle a vingt et un ans, c'est maintenant une femme (dorénavant LA BELLE JEUNE FEMME).

9) Conversation houleuse entre L'ÉPOUSE DÉSABUSÉE et sa fille, LA BELLE JEUNE FEMME. Celle-ci avoue à sa mère un projet surprenant : son intention de se marier avec LE CÉLÈBRE ENTREPRENEUR pour résoudre les problèmes de la famille, annuler la plainte du père, LE MARI ALCOOLIQUE, garantir une stabilité financière à la famille et procurer un emploi à son frère. L'ÉPOUSE DÉSABUSÉE s'y oppose pour des raisons évidentes, ignorant que sa fille est au courant de sa liaison avec LE CÉLÈBRE ENTREPRENEUR.

10) À son retour à New York, et de nouveau avec une audace extraordinaire, LA BELLE JEUNE FEMME révèle son plan au CÉLÈBRE ENTREPRENEUR, au cours d'un trajet en tramway, en évitant délibérément de parler d'amour. LE CÉLÈBRE ENTREPRENEUR est surpris par cette proposition de mariage et répond à LA BELLE JEUNE FEMME que lui aussi veut en finir avec cette fâcheuse affaire de la plainte, mais que, franchement, il n'avait jamais vu Elsie autrement que comme une espèce de nièce. Il dit cela avec tendresse mais aussi en regardant pour la première fois charnellement LA BELLE JEUNE FEMME.

11) Le célèbre entrepreneur retourne à Boston pour son travail et entame une relation épistolaire avec la belle jeune femme. Les lettres portent sur des questions domestiques mais ne sont plus celles d'un oncle à sa nièce.

12) À la fin de l'été, le célèbre entrepreneur invite à dîner la belle jeune femme. Les rôles ont changé, c'est lui maintenant qui paraît mal à l'aise. Il y a des regards soutenus avec l'inévitable chatouillement génital. Après le dîner, le célèbre entrepreneur avoue qu'il a réfléchi à la proposition qu'elle lui a faite avant l'été. En bon timide il s'exprime avec maladresse et agressivité, et affirme qu'il est incapable d'accepter un tel projet motivé par une simple question financière ou pour clore l'affaire de la plainte. La belle jeune femme répond que ce n'est pas sa seule motivation et rougit aussitôt. Alors la belle jeune femme et le célèbre entrepreneur s'embrassent. Et décident de se marier.

13) En apprenant la nouvelle, le mari alcoolique retire sa plainte pour *alienation of affections.*

14) Ils se marièrent et eurent beaucoup d'enfants.

Nous ne savons pas si le fils de Guastavino croit réellement à cette fable familiale inventée par les parents, mais c'est ainsi qu'il la rapporte. Peut-être ne faut-il pas reprocher aux morts leurs mensonges, ni leur désir de croire les vivants. En fin de compte les mensonges sont plus révélateurs que la vérité, et assurément plus vrais. Les faits, en réalité, ne varient pas : Elsie Seidel et Rafael Guastavino se marient à New York à la fin de l'été 1909. Tout indique qu'ils sont un couple heureux.

De quoi parle Guastavino à sa jeune épouse ? Il doit trouver étrange d'avoir une famille dont nous n'écartons pas qu'elle connut des moments d'euphorie. Le couple achète la maison familiale de Brooklyn et en fait son foyer. Un triomphe symbolique pour la jeune Elsie. Nous imaginons Guastavino revenant en train de son chantier de Saint-Jean-le-Théologien, heureux comme son père quand il travaillait pour les Güell, les Muntadas, les Oliver, les Blajot. Il est heureux non seulement de sa vie de couple ou de diriger une des entreprises de construction les plus importantes de la ville, mais parce que les deux ensemble lui font croire que tout est possible, qu'il a trompé le monde, bien que tromper ne soit pas le mot adéquat, nous le savons. Ce que nous voulons dire est que Guastavino comprend que vivre est la question fondamentale, que la propriété est une religion, qu'il est nécessaire de faire, faire et faire encore, que le succès n'appartient pas aux audacieux, mais à ceux qui possèdent des ressources que les autres ont perdues, aussi élémentaires que l'eau, ce que les gens comprennent trop tard et certains jamais. Et bien que la société oblige souvent à renoncer au plaisir, elle laisse Guastavino y croire encore un peu, suffisamment du moins pour obtenir le brevet qui lui permettra de bâtir la coupole de Saint-Jean-le-Théologien avec un budget ridicule de dix mille trois cents dollars.

L'idée est d'une simplicité géniale : des sangles métalliques circulaires qui soutiennent la coupole pendant la construction et suppriment presque complètement la nécessité d'échafaudages. Les ouvriers paraissent défier la mort, suspendus par des cordes à soixante-dix mètres de hauteur sur une coupole de vingt centimètres d'épaisseur, séchée à peine quelques heures, sans autre sécurité que celle de la technique décidée par Guastavino. Peut-être leur parle-t-il de la coupole de Saint-Pierre de Rome ou des voûtes byzantines de Sainte-Sophie, dont la taille ne diffère que de quelques mètres. Peut-être leur dit-il qu'ils sont en train de faire l'Histoire, ce qui, contrairement à ce qui se passe d'habitude, a l'avantage d'être vrai. L'excitation est aussi forte que le vent qui est sur le point d'emporter plus d'un ouvrier jusqu'au Morningside Park, et lorsque la construction est achevée, Guastavino emmène Elsie jusqu'en haut de la coupole. Nous ne savons pas à quelle heure, ni si d'autres personnes les accompagnent. Comme nous avons le goût des clichés, nous les imaginons seuls, dans la splendeur de la journée, peut-être pendant la pause déjeuner des ouvriers. Et nous savons ce qu'ils voient : à droite l'embouchure de l'Hudson, à gauche les toitures quasi-provinciales de Harlem et l'ombre de Central Park, dans le fond la silhouette de

Manhattan. Face au majestueux New York, sentant dans sa main le tremblement de sa femme saisie de vertige, gonflé de satisfaction, ou de soulagement, ou de nostalgie, Guastavino pense à son père, peut-être à l'avenir, ou à rien. Nous n'écartons pas la possibilité qu'il murmure une idiotie, du genre *je t'aime*.

III

L'image réelle de Barcelone avant toute autre image. L'image de Valence avant toute autre image. Celle du visage de l'oncle Pepe, de la cousine María Luisa. L'image de l'oncle Antonio qui, après son veuvage, est devenu moine franciscain. Mélange de la distance absolue et de l'amour pour ces personnes. L'odeur de terre sèche et humide de Valence. Odeur de merde du Raval. La nébuleuse des souvenirs ne cadre pas avec la réalité. La familiarité face à des lieux inconnus. L'irruption du souvenir de la mère. L'apparition soudaine du fantôme de son père parmi tous ces visages. Ils sont en train de manger une paella et voilà qu'un clin d'œil le fait ressurgir. Il est là, vivant. Puis il disparaît lentement comme un pétale dans un verre de lait et Guastavino est déconcerté, il se sent mal à l'aise dans ce rôle d'entrepreneur millionnaire qui revient en Espagne pour offrir des gueuletons et acheter des antiquités, son propre accent lui semble étranger, il a l'impression que les gens se mordent les lèvres pour cacher un sourire. Le vin du repas lui paraît aigre. La soirée s'est déplacée : d'une tonalité nostalgique au début, elle est devenue sinistre lorsque l'oncle Antonio a raconté le massacre des religieux pendant la Semaine Tragique de Barcelone. Elsie semble être tombée follement amoureuse de lui, sans doute parce qu'il correspond à son image de moine plein de bonté. Comme elle ne comprend pas l'espagnol, elle ne sait pas que l'oncle parle d'un ami curé, lui aussi de Valence, auquel on a coupé les couilles à Montjuic et qu'on les a données à manger à un porc. Belle image que Guastavino va mettre des mois à se sortir de la tête. L'horreur de ce pays de ploucs où son père n'a pu revenir à cause de l'escroquerie qu'il y avait commise, ce pays dont il ne lui reste que de vagues souvenirs et avec lequel il solde aujourd'hui il ne sait quelle dette. Tous ces proches aimables, désireux de plaire. Même au Mexique, où il est allé deux ans plus tôt avec Elsie, il ne s'était pas senti comme ça. Ni même à leur retour à New York, lorsque Elsie tomba enceinte, et accoucha d'un enfant qui mourut quelques heures après. Étrangeté du corps du bébé mort. Leur façon d'éviter d'en parler toute l'année qui suivit, où il s'enferma pour travailler pendant la journée et consacra les nuits à construire un petit observatoire d'amateur sur le toit de leur maison. L'inquiétante sérénité des planètes. Leur lointain rassurant. Jusqu'à ce qu'un jour il décide d'un voyage en Europe : Italie, Paris, Espagne. Puis le retour à New York à bord de ce paquebot dont parle tout le monde, le *Titanic.* Elsie dit immédiatement oui à tout et ils ajoutent l'Égypte à l'itinéraire. Dans les lettres qu'elle envoie à ses amies elle ne cesse de répéter toutes les trois lignes merveilleux, formidable, colossal, impressionnant, magnifique, spectaculaire, insurpassable. Elle aurait pu se servir de tampons en caoutchouc pour imprimer ces adjectifs, cela aurait été plus facile. Alors Guastavino s'excuse et la laisse seule à l'hôtel en disant qu'il veut aller voir la basilique des Désemparés, le marché, les édifices dont son père s'est inspiré pour l'église d'Asheville et la Columbian Exposition de Chicago, et en les découvrant, il n'est pas étonné que les originaux lui paraissent des imitations. Ne dit-on pas pour faire l'éloge d'une vraie fleur qu'elle paraît en plastique ? C'est comme si l'histoire d'une nation, n'importe laquelle, n'était rien de plus qu'un vaste système de copies et d'originaux où les premières finissent par se substituer aux seconds, où l'on préfère le plâtre à la pierre, le plastique à la chair. Guastavino a l'impression d'être sur le point de comprendre quelque chose, puis non. Il décide de prolonger le voyage de quelques semaines, de passer par Madrid, de visiter Grenade. Peu lui importe de perdre le retour sur le *Titanic.* Il ne se soucie pas davantage de la lassitude d'Elsie, ni des courriers répétés que Blodgett lui adresse de New York, invoquant des décisions urgentes à prendre pour les plus de cent projets dans lesquels la Company est engagée rien qu'à Manhattan. En visitant l'Alhambra il sent qu'enfin il comprend. C'est quelque chose qui tient à l'argent. Il lui semble que c'est le prix qu'il a toujours dû payer à l'architecture : masquer les nouveaux riches pour faire croire au monde qu'ils ont toujours eu une identité, qu'ils ont toujours *été là*. C'est ce qu'il comprend et il sent qu'il est maintenant prêt à rentrer. Une petite découverte qui le satisfait et, bien sûr, lui épargne la véritable peur. Ils embarquent à bord de *La Provence*, qui appareille du Havre, et arrivent à New York le 4 mai 1913. Elsie passe encore quelques mois à répéter que ce fut un miracle qu'ils n'aient pas pris ce catastrophique *Titanic*. Elle revient de ce voyage enceinte. Un temps Guastavino pressent que cet enfant naîtra mort, comme l'autre, mais il naît vigoureux et en bonne santé. Ils décident, naturellement, de le prénommer Rafael. Rafael Guastavino. Parfois nous pleurons beaucoup et nous prions en vain.

IV

Nous devrions écouter comment Guastavino dit : *Manhattan*. Comment il le prononce en traversant le pont de Brooklyn pour se rendre sur les chantiers de Penn Station et de Grand Central, la poitrine dilatée, en tapant avec sa canne. Il faudrait l'écouter dire *Manhattan* après une pause, comme s'il s'agissait d'une matière, ou d'une partie de sa vie. Nous autres, nous ne savons pas dire : *Manhattan*. Guastavino dit *Manhattan*, sourit et pénètre dans le ventre de la baleine de Grand Central : ce palais bientôt habité. C'est là que nous nous étions moqués des *tenements* et des masures qui s'écroulaient. Guastavino dit *Manhattan* et poursuit la conversation avec le New York de son enfance, mais à présent il y superpose la construction de cette voûte.

Nous savons qu'il a conçu tous les accès latéraux souterrains, ainsi qu'un espace qui reste à déterminer et finit par devenir un Oyster Bar. En face il a placé une voûte plane et, deux ou trois semaines plus tard, on découvre que le son produit un effet de réverbération. Nous ne savons pas qui fut le premier à s'en rendre compte, mais quoi qu'il en soit ce n'est pas une surprise pour Guastavino : toutes les voûtes de la Company ont ce problème. En se plaçant à un angle et en tournant le dos au centre de la voûte on peut entendre nettement ce qu'une autre personne murmure à l'exact opposé. Le son se déplace le long du plafond comme un radeau sur de l'huile. Nous devrions écouter comment Guastavino murmure *Manhattan.* Comment il se place dans un coin en tournant le dos, par exemple à Blodgett, et murmure *Manhattan* en pensant avec irritation au moyen de corriger ce défaut qui transforme en poulaillers tous les espaces voûtés qu'il a construits.

Nous savons aussi que s'est emballé le cheval qui mettra fin à la Guastavino Fireproof Construction Company. Il vient d'Europe au galop et ne tardera pas à arriver. Il y a à peine deux ans, en 1911, Max Berg a bâti en Pologne une coupole en béton de plus de soixante mètres de diamètre avec un coût et une capacité de résistance que la construction en briques ne pourrait jamais égaler. Dès lors on n'entend plus parler que du béton de Bauersfeld, de la résistance du béton de Bauersfeld, du prix avantageux du béton de Bauersfeld. Nous ignorons ce que sait précisément Guastavino de la coupole du Centennial Hall, mais peu importe : à partir de ce moment il se comporte comme si ses jours étaient comptés, ce qui est littéralement exact. Il ne cesse de chercher des alternatives à sa survie ; il s'improvise décorateur d'intérieur, travaille pour des artistes de la mosaïque, développe des systèmes pour combattre la réverbération sonore des édifices... L'acoustique devient la nouvelle idée fixe de Guastavino : créer un carreau qui absorbe le son au lieu de le réverbérer. Nous supposons que c'est à ce moment-là que Guastavino entend parler pour la première fois de Wallace Clement Sabine, ce professeur de physique à l'allure de prédicateur en crise qui affirme à la cantonade avoir isolé la formule de la réverbération. Nous savons que Guastavino cherche Sabine et que Sabine se laisse trouver.

La rencontre a lieu à West Point, la célèbre académie militaire construite des années auparavant par la Guastavino Fireproof Construction Company dans les environs de New York. Sabine s'y rend pour évaluer la réverbération des voûtes. Réverbération qui, comme dans tous les édifices de la Company, frôle les limites du supportable. C'est, assurément, un peu humiliant pour Guastavino. Au moyen de cymbales et d'un chronomètre, en couvrant quelques parois de feutre, ou en déplaçant dans la salle une montagne d'oreillers, Sabine note les résultats. Il explique que les secondes nécessaires pour que l'intensité du son tombe de soixante décibels – le seuil de l'audition – à l'inaudible dépendent de la quantité d'éléments et de surfaces absorbantes qui se trouvent dans la salle : les corps des personnes, par exemple, les tapis, le velours des fauteuils, la porosité des murs… Guastavino acquiesce et réplique qu'il avait lui-même conçu deux procédés d'isolation brevetés, avec des faux plafonds entre les étages des édifices. Il omet d'ajouter que ce fut un échec total.

Nous supposons qu'ils s'apprécient parce qu'ils ont besoin l'un de l'autre. Sabine a besoin d'un constructeur. Guastavino a besoin d'un physicien. Ils s'apprécient parce que Sabine veut rentabiliser sa formule de réverbération et que la Guastavino Fireproof Construction Company a beau avoir réalisé une année historique, son patron voit se rapprocher le bord de l'abîme. Si bien qu'ils se retrouvent quelques semaines plus tard à travailler pour les architectes Cram, Googhue et Ferguson, peut-être à Harvard, où enseigne Sabine, ou au siège de la Company à Boston, face à face, en se demandant comment faire un carreau poreux, jusqu'à ce que l'un des deux, Sabine ou Guastavino, nous ne savons pas lequel, pense qu'en mettant dans le four les briques creuses mélangées avec un substrat végétal, le feu brûlera le substrat et préservera le creux, *et voilà** !

Deux ans plus tard, après le défaut élémentaire de ces briques que personne ne nettoie, Guastavino et Sabine, partageant de nouveau un brevet, améliorent leur trouvaille grâce à une pierre artificielle appelée Akoustolith qui a le même effet. Et pendant plus d'une décennie, pendant que l'Europe plonge tête la première dans sa Première Guerre mondiale et qu'aux

États-Unis gonfle lentement la Grande Dépression, Rafael Guastavino et Sabine deviennent millionnaires en couvrant les murs d'églises néo-gothiques, d'abord, puis d'usines d'aéronautique navale, de laboratoires d'essais de freins hydrauliques et d'usines d'assemblage. « Jamais ne s'élève très haut un homme qui ignore où il va », disait paraît-il Cromwell, peut-être possédé par l'envie.

V

Il n'y a pas grand-chose à ajouter. À partir de là tout devient prévisible : une décennie supplémentaire d'activité jusqu'à la décadence, la vente de l'entreprise au trésorier et oiseau rare William Blodgett, la fermeture à cause de l'industrie du béton. Celle-ci envahit l'autre New York post-Guastavino, qui est en fin de compte ce que la plupart des gens croient qu'est New York : les Empire State, les Chrysler, les Seagram Building. Laissons Guastavino s'éloigner, mais donnons-lui une autre fille ainsi qu'une nouvelle maison et des goûts de potentat : astronomie, navigation, chasse, plaisirs propres aux personnes insaisissables. Prenons aussi congé de lui par une ironie du destin : cette demeure qu'il a fait construire à Long Island en 1910 après avoir quitté sa maison de Brooklyn, cette demeure couverte de mosaïques qu'il montre avec fierté aux visiteurs et qu'il a bâtie – comme on dit presque toujours faussement – « de ses propres mains », est inondée chaque fois qu'il y a un orage. Ainsi sont les choses, aussi modérons un peu notre admiration. Qu'imaginions-nous ? Qu'il allait ressusciter maintes fois jusqu'à avoir mille têtes comme une hydre ?

Bien des années plus tard, en 1961, alors que personne ne pense plus à Guastavino ni à Guastavino fils depuis plus de quatre décennies, alors que plus un seul traité d'architecture de la ville de New York ne mentionne leur nom, un professeur d'architecture de l'université de Columbia, George Collins, assiste à des obsèques à la chapelle Saint-Paul de cette université et, accablé par la douleur ou ennuyé par le rituel, il regarde la voûte et se demande si ce qu'il voit est bien réel, il n'en croit pas ses yeux : qui diable a construit une voûte en briques au début du xxe siècle à New York ? Nous devons à cette interrogation du professeur Collins, entre autres choses, son article « *The Transfer of Thin Masony Vaulting from Spain to America* », la récupération des derniers documents de la Guastavino Fireproof Construction Company (qui se trouvaient dans un joli conteneur à ordures de Woburn, Massachusetts), la sauvegarde de nombreux édifices de la Company en danger de démolition à Manhattan, des milliers de touristes murmurant des banalités dans toutes les langues du monde sous la coupole en face du Oyster Bar de la gare de Grand Central, la salle des fêtes baptisée Guastavino's sous les arches du pont de Queensboro et ce livre.

Laissons donc Guastavino s'éloigner, mais avant cela, une image.

Personne ne la raconte en réalité.

Cela se passe fin 1919, quand il construit le Centre d'Immigration d'Ellis Island. Chaque jour dix mille personnes entrent en ville par cet endroit. Après l'effondrement d'une voûte, la Guastavino Fireproof Construction Company entreprend de bâtir la nouvelle toiture du bâtiment. Nous savons déjà comment est Guastavino : il surveille les moindres détails. Il se lève à l'aube dans sa maison de Long Island, prend le ferry et passe sous les voûtes, avec ses cheveux blancs et sa moustache foncée, en donnant des instructions. Pour imaginer la scène, il suffit de regarder ces photos anonymes de navires en quarantaine, les ponts bondés de parias, ou les portraits de Lewis Hine. C'est comme si cette masse de malheureux avait traversé le monde depuis leurs misérables villages italiens, irlandais, roumains, turcs, enduré tout type de calamités et investi jusqu'au dernier centime gagné avec leur sang pour embrasser ici une faim identique. Pourquoi prendre la peine de récrire une phrase si même l'Histoire ne prend pas la peine de varier. Nous pouvons y ajouter d'autres couleurs : le souffle court face aux questions captieuses, l'angoisse de n'avoir rien à dire ou trop à nier, tout ce talent pour inventer des histoires et éviter que s'achève le pauvre rêve américain avant même d'avoir commencé. Et puisque nous avons complété la mise en scène, imaginons que Guastavino observe tous ces gens, ce qui n'a rien d'improbable.

C'est comme un instant suspendu, peut-être pendant une pause du chantier, alors que se présente l'équipage de troisième classe du dernier navire. Guastavino a un peu de mal à réfléchir à la scène. Il ne s'agit pas seulement du fait que lui aussi est arrivé à bord d'un de ces bateaux quarante ans plus tôt, cela il y a pensé des centaines de fois en passant par la douane ou en voyant vagabonder dans Wall Street ces bandes de gamins irlandais, et penser qu'il aurait pu être n'importe lequel de ces gamins, c'est comme se dire qu'il pourrait être aujourd'hui n'importe lequel de ces hommes : c'est si vrai que cela ne sert à rien. Il s'agit d'autre chose. Comme un miroir déformant. Une distorsion de la voix. C'est ce qu'ils apportent, peut-être. Ce qu'ils croient qu'ils apportent. Ou ce qu'ils désirent. Ce qu'ils croient qu'ils désirent.

Et c'est aussi la peur.

La peur, cette exactitude.

Dans le fond reste New York. Est-ce réellement New York ? Cette ville ne pourrait-elle pas s'arrêter ? Et surtout, qu'est-ce qui lui fait peur ? Il serait normal que Guastavino se pose maintenant ces questions et que, devant tous ces gens qui sortent du navire sans embaumer précisément la rose, il ressente le besoin de s'éloigner du Bureau de l'Immigration en évitant les regards et marche jusqu'au rivage où l'on aperçoit au loin les silhouettes de Manhattan.

Plus encore, il serait raisonnable que Guastavino meure ici, peu importe qu'il continue ensuite de marcher, qu'il meure là, littéralement, comme meurent parfois les personnes, inconscientes de ce qu'elles sont, plongées dans leurs préoccupations mesquines, sans connaître le silence et l'oubli qui suivront leur mort, ni le récit héroïque que d'autres feront de leur vie pour soutenir la croyance indémontrable que tout a un sens. De sorte que c'est bien là qu'il meurt.

REMERCIEMENTS

Malgré sa brièveté ce livre a une dette envers de nombreuses personnes. Il n'existerait pas, en premier lieu, sans la Bourse Cullman de la New York Public Library et si Jean Strouse ne m'avait pas pris sous sa protection comme une fée new-yorkaise digne d'une nouvelle de Henry James. Je crois que l'endroit ressemblant le plus à un paradis sur terre est cet établissement à l'angle de la 5e Avenue et de la 42e Rue où arrivent comme par magie tous les livres trouvables et introuvables.

Il n'existerait pas non plus sans la générosité de nombreuses personnes qui ont fait des recherches avec sérieux, enthousiasme et des difficultés plus grandes que les miennes sur les vies de Rafael Guastavino et de son fils, et qui ont généreusement partagé avec moi le fruit de leur travail. Merci surtout à Mar Loren, Berta de Miguel, Santiago Huerta, Alberto Medina et Fernando Vegas. Merci à Miguel Rosales, de la Art & Collection de la New York Public Library.

Merci aussi à Mathieu Pomerleau, qui m'a orienté dans l'océan des archives de la Guastavino Fireproof Construction Company conservées à l'Avery Library de l'université de Columbia. Merci à Ken Chen, à Justin E.H. Smith et à Josephine Quinn pour leurs conseils littéraires et historiques, toujours pertinents, pendant nos repas au Cullman Center, et à Salvatore Scibona pour sa diligence comme directeur à écarter de mon chemin jusqu'à l'ombre d'une difficulté et surtout pour sa gestion des obstacles provoqués par le Coronavirus. Merci à Paul Delaverdac et à Lauren Goldenberg de leur aide pour résoudre tant de minuscules démarches liées à la recherche.

Ce livre ne serait pas le même sans la relecture du manuscrit que firent Luis Chitarroni, Carlos Pardo, María Lynch, Tomás Muñoz, Irene Vallejo, Alberto Pina, Silvia Cenzano, Sergio Chejfec et Modesto Calderón.

Il n'est pas exagéré de dire que Carmen Cáceres m'a appris à écrire ces pages en m'indiquant souvent où était le chemin chaque fois que j'étais désorienté, ce qui arrivait régulièrement toutes les deux ou trois semaines, après avoir baigné et endormi Roque dans notre appartement de la 157e Rue, où il n'y a, que je sache, aucun édifice de Rafael Guastavino.

Cet ouvrage a été mis en pages
par IGS-CP à L'Isle-d'Espagnac (16)
Impression : CPI Firmin-Didot
Dépôt légal : octobre 2022 – N° 2575 (170827)
Imprimé en France